문학/사상

기후위기

7

2023

산지니

차례

∞ 쟁점-서평

『문학/사상』 7호를 내며

아미타브 고시와 같이 기후위기를 '대혼란(Great Derangement)'으로 감각하고 사유하는 문인이 과연 몇이나 될까? 어떤 재난을 경유하고도 사람들은 곧 일상 회복을 염원한다. 아무 일이 없었다는 듯이 관성에 이끌리고 압도적인 일상의 규칙성에 복종한다. 물론 온난화 현상에 대한 지각은 이미 광범하다. 벚꽃만 하더라도 20년 전에 비할 때 보름 정도 빠르다. 봄이 왔으나 봄 같지 않다는 말이 이젠 무색하다. 꽃샘추위도 없이 개화하여 만개하다 낙화에 이르고 만다. 오는 봄도 가는 봄도 빠르기만 하다. 순식간에 여름으로 직행하여 긴 여름을 지나면 짧은 가을이 오고 다시 지루한 겨울에 당도한다. 도시의 가을은 순식간에 사라지고 겨울이 된다는, 소설가 박태순이 반세기 전에 한 말은 이제 모든 지역에 공통된 말이 되었다. 이러한 현상이 서서히 진행되고 있는 위기의 징후에 틀림이 없지만 우리는 아직 이를 심각하게 받아들이고 사유하며 행동하지 않는다.

많은 이들이 기후위기와 연관하여 인류세(anthropocene) 개념을 수용하고 발전시키고 있다. 여전히 논란이 지속되고 있고 홀로세에 이어진 용어로 안착할 가능성도 불확실하다. 하지만 이 말이 제기하고 있는 담론의 효과는 크고 또 필요하다. 그만큼 기후위기에 대한 자각이 긴급하기 때문이다. "우리는 인류세에 살고 있습니다"라고 노벨상 수상자인 대기화학자 파울 크뤼천이 한 학술회의장에서 외친 때는 2000년이다. 21세기의 벽두에 그의 외침은 오늘날 빠르게 울림과 파장을 키워나가고 있다. 인간이 자연을 지배하고 이용하면서 살아가는 지구의 운명이 인간에 의하여 결정되는 시기가 도래하였다는 엄청난 인식의 전환이다. 이 행성에 사는 동물의 한 종류가 아니라 지질학적 행위자로 행성의 미래에 인간이 관여한다는 의미이다. 이 말이 사실이라면 인류는 지금까지 살아온 방식과 만들어온 가치 그리고 사유의 체계를 송두리째 바꾸지 않으면 안 되는 상황에 직면한다.

탄소 경제의 기반 위에서 사는 우리는 모두 지구의 미래에 관여하고 있다. 생활세계 전반이 엔트로피를 가중하는 체계 속에 있어서 나날의 삶을 바꾸어나가야 하는 자가당착을 피할 수 없다. 가령 친구와 어울려 맛있게 먹은 새우 요리가 맹그로브 숲을 제거한 어장의 산물이라고 한다. 지구 생태의 보고를 없애고 오염을 방출하는 자리에서 나온 양식 새우를 먹은 셈이다. 어디 이뿐이겠는가? 먹는 쇠고기며 타는 자동차며 입는 옷까지 어느 하나 탄소를 배출하는 데 관여하지 않는 게 없지 않은가? 도대체 어디부터 기후행동이라고 할 수 있을까? 그러니 될 대로 되겠지, 지금을 즐겁게 살 수밖에 없다는, 무기력하고 암울한 현세주의가 암묵적으로 만연한다. 근대 세계체제를 비판하고 반체제를 형성하려는 구상조차 행성의 미래를 포함하지 못하다면 어떠한 비전을 구하기 어렵다. 근대극복이니 탈근대니 하는 말들도 무상하기만 하다. 우리는 절정의 자본주의, 역사의 종말에서 문명의 가을을 맞닥뜨린 “이렇게 한심한 시절”(백무산)에 살고 있다. 기후위기를 극복할 인류세의 과학과 철학과 문학은 과연 누가 어떻게 가능하게 할 것인가?

우리의 반연간지 『문학/사상』은 문학과 사상의 상호관계를 따라 읽고 쓰려는 데서 만들어졌다. 그동안 주로 주변부의 문학과 사상에 주목하였다. 그러다 불쑥 이번 호에 ‘기후위기’를 내세웠다. 이는 일차원적인 관심의 표명이다. 인간 중심의 근대문학이 기후위기나 인류세에 어떻게 반응하고 있는가, 라는 소박한 의문을 제기하고 싶었으나 단지 시도에 불과하다. 이후에 거듭 자주 계속 소환되어야 할 주제라 생각한다. 문학이 사상으로 무르익는 시간이 필요하듯이 어떤 이론도 토론의 과정을 거치면서 정합한다. 자주 문학예술에 무슨 사상이나 이론이 필요하냐는 소리도 들린다. 무책임한 창작자의 자기변호에 지나지 않는다. 사상이 사람을 바꾸고 세계를 변혁하지 않는가? 텍스트의 의미와 가치와 위상은 결국 이론을 통하여 자리매김한다. 그러니 한계가 있다면 이론의 한계일 뿐이다. 테리 이글턴이 말하듯이 이론 이후는 없다. 끊임없이 이론을 궁구해야 할 까닭이 여기에 있다.

문화가 빠르게 자본주의에 편입하고 그 체제를 경배하는 일과 달리 문학은 그래도 그 진지함을 아직 잃지 않고 있다고 생각한다. 하지만 무수한 문인과 허다한 매체가 자족적인 연합에 만족하고 있는 경향도 적지는 않다. 문학 또한 과도하게 나무를 죽이고 숲을 없애는 일에 책임이 없다고 하진 않겠다. 기후위기를 화두로 던진 까닭은 함께 발본적인 고민을 하자는 의도이다. 이를 지속하기 위하여 고정된 난을 만드는 방식도 가능하고 토론의 현장을 여는 일도 필요하리라고 본다. 그래서 시와 소설을 더욱 자세히 읽고 넓게 평가하는 과정이 뒤따라야 한다. 이를 위하여 작품을 싣고 작품론을 게재하는 일을 더 할 예정이다.

생활세계에서 시작하여 이보다 더 큰 자본주의 체제에 이르는 비판적 접근을 지속하는 일이 요긴하다. 미시적이고 거시적인 관점이 서로 중첩하는 글쓰기가 우리의 목표이다.

이를 위하여 사물과 인간, 대지와 행성에 이르는 시적 감각을 유지해야 한다. 보다 구체에 가닿으면서 사상을 탐구하는 소통의 과정이 항상 필요하다. 작품과 작가론, 특집과 서평, 현장 비평이 이와 같은 대화의 과정이 되면 좋겠다. 새봄과 함께 『문학/사상』 7호를 발간한다. 원고를 주신 모든 필자에게 감사한다. 돌이켜 볼 때 4년째 접어들었고 더 집중해야 한다는 요구가 많다. 담론의 연속성과 확장성을 강화하고 훌륭한 시인과 소설가의 작품을 구하기 위하여 노력할 생각이다. 이 난폭한 근대를 넘어서려는 사상/이론을 알리고 토론할 수 있는 작은 창문이라도 열 수 있었으면 한다. 이는 우리가 문학 내부의 장치와 제도 그리고 체계에 안이하게 속하지 않겠다는 의지와 무연하지 않다. 끊임없이 그 외부를 상상하면서 전진하려 한다.

2022년 4월

편집인 구모룡

Σ 시

말에 갇히다

오성인

말이 갑자기 생각나지 않는다
최근 들어서 버릇처럼 자주 사용했는데

택시를 타고 시내로 나가는 도중에
물가가 말도 안 되게 올랐다는

뉴스를 라디오에서 듣고

올라가는 미터기를 힐끗 본 뒤 큰일이네요
기름값이 생필품 가격이 불안한 마음이

전혀 내릴 기미를 보이지 않고 있으니

그러나 거기에서 말문이 막혀버리고
나는 본의 아닌 침묵에서 벗어나기 위해

불안한 마음 끝에 매달린 채 인상을 짓는다

그 사이 어두운 터널을 빠져나와 택시는
가로등이 늘어선 길을 지나고 있는데

가파르게 오른 물가는 이미 지나
목적지는 점점 가까워 오고 있는데

아니, 어째서 인상을 쓰고 있나요 어디
불편하신 데라도 있었나요 내 표정을 살핀
기사가 묻자 비로소 나는 모든 것이 자꾸만
인상되어서요, 라고 말을 겨우 맺는다

목적지에 다다를 때까지 인상에 갇혀 있었다

말에 갇혀
종종 다른 말이 들어오지 않는 때가 있다

늑막염-금서목록[1]

오성인

오른쪽으로 마음대로 돌아눕지 못하는
겨울이었다

갑작스레 찾아온 원인 모를 고열 때문에
어지러워 걸음을 내딛는 게 고역이었는데

우여곡절 끝에 열은 가라앉았지만

조금만 걸어도 금방 숨이 차서
탄환이 자꾸 빗나간다고 불안한 호흡에
신경 쓰느라 표적을 제대로 가늠하지
못하겠다고 사격을 통제하던 교관에게

증상을 호소하자

그것은 너의 사상이 연약하고
느슨하기 때문이라고 아무래도

나사를 조여야겠다는 그는 얼차려를 부여했다

그날 밤 수위 조절에 실패한 댐처럼
오른쪽 폐에는 물이 들어차고 나는
근무지에서 멀지 않은 병원으로 옮겨졌는데

장병들의 사상이 애매모호하니
전투력을 높여야 한다고 간부들은 신신당부했다

다음 날부터 물에 잠겨
제 기능을 하지 못하는 폐처럼 불 꺼진
도서관에서 환우들이 손에 무언가를
하나씩 들고 나왔다

바늘을 찌르고 관을 연결해 폐에 고인
물을 빼내는 동안

마음대로 말을 할 수 없었다 겨울 내내

흉통에 시달렸다

1　이명박정권이 출범한 해인 2008년, 당시 국방부는 각 군에 군인이 읽어서는 안 된다며 불온서적 목록을 작성하고 지정해 반입 차단을 요망하는 공문을 발송했다.

오성인

2013년 『시인수첩』 등단. 시집 『푸른 눈의 목격자』

poetryvirus@hanmail.net

여행비둘기

이설야

대량학살은 20년간 계속되었다.

하늘 끝에서 끝까지 거대한 새들의 물결
태양과 달도 보이지 않았다
깜깜한 하늘을 찢는 번개와 천둥소리

숲에 내려앉으면
숲이 휘청거렸다

인류 역사에서 개체 수가 가장 많았던 새,
1900년 오하이오에서
최후의 야생 여행비둘기는 총에 맞았다.

북아메리카 하늘은 사일로처럼 거대한 식량창고
개척자들, 사냥꾼들 수십억 여행비둘기들이 날던 하늘을 향해 총을 쏘아댔지

여행하는 심장이 통조림 속으로 들어갔지
통조림 속으로 지는 해와 달
금빛 은빛 포크, 세 치 혓바닥, 귀족의 장신구, 총알들

한때 새였던 새
미리 놓쳐버린 세계
총구 속으로 사라진 활강하는 깃털과 푸른 눈동자들

1914년 신시내티 동물원의 마지막 여행비둘기
마사가 추락사했다.

강과 언덕이 뒤바뀌고
세상은 멸망한 별빛으로 가득했지

구름을 많이 모은 사람들
서로의 심장을 향해 소총을 겨누었지
빛나는 모든 것을 가지려 서로를 의심했지
아주 멸망해 버리자고

바람에 머리를 처박고

---

* 팀 플래너리, 이한음 옮김, 『자연의 빈자리』(지호, 2006)와 NHK 위성방송 『생물의 묵시록』 제작팀, 한상운 옮김, 『지구에서 사라진 동물들』(도요새, 2000) 등을 참고함.

봄의 계단

이설야

느릿느릿 봄의 뒤를 밟습니다

지붕 위의 나비

나비 위의 구름

구름 위의 먹구름

먹구름이 만든 계단을 따라 올라갑니다

봄은 오면서

오면서 가고

그 속에다 우리가 빠뜨린 것들

빼앗긴 것들

사라진 것들의 길고 긴 이름들

들끓는 시계

식어버린 심장

구름을 한 장씩 밟고 올라갑니다

새들의 어깨를 밟는 순간 모든 것이 사라지고

지구가 엎어집니다

이설야

2011년 『내일을 여는 작가』로 등단했다. 시집으로 『우리는 좀더 어두워지기로 했네』, 『굴 소년들』, 『내 얼굴이 도착하지 않았다』가 있다. 제1회 고산문학대상 신인상과 제8회 박영근 작품상을 수상했다.

snow7173@naver.com

지나가고 싶은 날씨

이영옥

꽃이 필 텐데 어딜 가니?

한 손에는 위악을
다른 한 손에는
왜 사는지를 모르는 생활을 거머쥐고
마치 귀한 걸 가진 듯 보여주지 않으면서

내가 어딜 가겠니?

이따위나 되려고 달려왔던 세상
나에게는 지나가고 싶은 날씨가 있을 뿐,

표범의 얼룩이 계속 달리고 싶었을까

기린의 목은 고도를 극복했을까

뛰어가는 얼룩에게
솟구치는 목에게
마음에 드는 날씨를 골라 보라고 했다

진짜 좋은 것은 준비되지 않아
잘 고를 일은 없었다

하늘은
오후 내내
보드라운 새털을 불어냈다
그 자리에 먹장구름을 들이고
세찬 비를 쏟았다

그만 창문 좀 닫아 줄래?

지루하게 견디는
세상의 모든 희망에게
변화무쌍한 날씨를 선물하고 싶었다

7번국도 매운탕집

이영옥

그렇게 많던 손님이 밥 짓던 연기처럼 사라졌다
구멍 뚫린 유리창이 봄눈을 받아먹고 있었다

지나가다가 눈에 익어 차를 세운 집
눈에 들어왔다는 건
그때의 내가 어딘가로 가지 않고 거기 서 있었다는 것

예전의 강이 아닌 강가에는 공장 굴뚝이 즐비하고
뒤껼 가마솥 아궁이는
모두 지켜본 뒤 어쩔 도리 없이 주저앉아 있었다

메기며 쏘가리가 펄떡거렸던 그때가 봄날이었다고
당신이 말한다

아니라고, 그때도 우린 지난 시간을 봄이라 했어
좋은 것은 항상 지나간 뒤의 어디쯤에 서 있으니까

우리는 아닌 척했던 위선이 역겨워
타인처럼 자신을 바라보는 사람들
방울방울 터뜨린 명랑이 바람을 타고 내려앉은 곳
폐가가 된 이 집에
나의 모든 후회를 하룻밤 푹 재우고 싶었다

철거될 소식만 남겨둔 매운탕집은
봄빛으로 새 단장을 하고

보일 듯 말 듯 달려와서
물이 되는 봄눈처럼
지나가 봐야 알게 될 것들이
지치지도 않고 안겼다

이영옥
2005년 〈동아일보〉 신춘문예 시 당선. 부산작가상, 백신애문학상 창작기금 수상.
작품집 『사라진 입들』과 『누구도 울게 하지 못한다』가 있고, 최근 『하루는 죽고 하루는 깨어난다』를 펴냈다.
euncho74@hanmail.net

긴 하루

최정란

예약된 가면을 쓰고 예약된 택시를 타고 예약된 도로를 타고 예약된 시간에 예약된 장소에 도착한다 예약된 바다가 보이는 예약된 전망 좋은 예약된 창가에 앉는다 예약된 약속을 지킨다 예약된 카페로 예약된 파도가 찾아와 예약된 바람과 예약된 악수를 나눈다 예절 바른 인사 속에 예약된 대화가 오가고 예약된 서류에 예약된 서명이 이루어진다 예약대로 무사히 예약된 오전이 끝난다 예약된 구토를 하고 예약된 손을 씻는다 예약된 장갑이 필요해 예약된 농담을 할 예약된 기회를 놓치고 예약된 혼잣말을 중얼거리며 예약된 오후가 예약된 순서대로 찾아온다 예약된 약을 복용하고 예약된 불안을 지운다 예약된 십자말풀이를 하고 예약된 정답을 놓치고 예약된 검색을 검색한다 예약된 어둠이 예약된 불을 켜고 예약된 드라마의 예약된 비밀이 터지기를 기다린다 예약된 기대를 배신하는 예약된 탄생은 너무 흔해 예약된 배우의 예약된 사랑과 예약된 이별과 예약된 죽음에 예약된 감정이입을 하고 예약된 침대에서 예약된 불면과 예약된 불화를 겪는다 예약된 악몽이 스쳐 다녀간다 예약된 계획대로 예약 없이 아무것도 하지 않고, 예약 없이 아무도 만나지 않고, 예약 없이 아무 곳에도 가지 않는다 아무것도 예약하지 못하고 이생에 도착했다는 듯, 예약되지 않는 미래에 복수하듯, 예약에 매달린다

제주 한 달 살기

최정란

한 달 섬에서 살기로 했어 한 달 후에 만나

바람이 가득한 사진에 코를 가져다 댄다
한 달은 얼마나 아득한지
시간의 냄새를 맡기라도 하듯

올레, 섬 둘레를 다 걷고, 오름을 날마다 오르고
밤마다 이리로 오라고 귤밭은 오렌지빛 불을 켜고
아침마다 나무에서 갓 짠 귤즙이 흘러넘치고

바다와 바람과 숨을 나누어 마시고
한 달 후 오롯이 다른 사람이 되어 돌아오겠지
돌아오지 않겠지

벽에 걸린 한 달을 찢어 어딘가에 던져두고 살았을까
그곳이 오늘의 남쪽이라 여기며
아무 일도 없었던 것처럼 능청스럽게
한 번도 아픈 적 없는 것처럼 명랑하게

한 달이라는 시간을 잘 돌보면
어디 있는지 모르는 기적
아프지 않은 원래 자리로 돌아갈 수 있을까

한 달이 얼마나 긴지
한 달 후는 얼마나 아득한 먼 곳인지
사진에 손을 넣어 제주의 바람을 쓸어보듯
한 달은 얼마나 순식간인지
손가락 사이로 빠져나가는 시간의 숨결,

떠나온 수많은 한 달은
어디에서 또 한 달 살기에 제 등을 내주고 있을까

최정란

2003 〈국제신문〉 신춘문예, 시집 『독거소녀 삐삐』 『장미키스』 『사슴목발애인』 『입술거울』 『여우장갑』. 한국문화예술위원회 아르코문학창작기금(2020), 세종도서 문학나눔(2017), 시산맥작품상(2016), 최계락문학상(2019).

cjr105@hanmail.net

Ⅱ 비판-비평

문학은 어떻게 기후위기를 만날까?

구모룡

1. 붕괴의 감각

캐럴린 머천트는 "인류세라는 개념 덕에 우리는 인문학을 21세기의 매력적인 학문으로 다시 개념화할 수 있을지도 모른다"[1]라고 하는데 대단한 역설로 들린다. 아직 학명으로 자리 잡기에 논란을 머금고 있으나 캐럴린 머천트의 지적처럼 인류세(Anthropocene)가 지닌 담론 효과는 벌써 뚜렷하게 나타나고 있다. 대기 기후가 안정적인 홀로세가 끝나고 대기 중 이산화탄소 농도의 급격한 증가로 인하여 지구 시스템 전반이 변화하고 있는 혼란의 시대인 인류세의 도래가 사실이라면 그에 우리가 반응하지 않긴 힘들다. 산업혁명으로 석

1 캐럴린 머천트, 우석영 역, 『인류세의 인문학』, 동아시아, 2022, 10쪽.

탄 연료를 사용하기 시작한 때부터 점진적으로 이산화탄소 농도가 증가하다 제2차 세계대전 이후 급증하고, 변화와 파급력이 지난 60년간 급속하면서 인간과 자연 세계의 관계에 심대한 변화가 나타나고 있다. 이는 "인간의 힘이 아주 강력해져 이제 위협적인 새로운 지질시대에 진입하게 되었다"라는 사실을 의미하지만 "인간이 지구의 행로를 바꿀 정도로 강력해졌어도 자신이 가진 힘을 스스로 조절하는 게 불가능해 보이는 이토록 기이한 상황은 인간 존재에 관한 근대의 모든 믿음들과 모순된다"라고 할 수 있다.[2] 마치 크리슈나 신을 숭배하여 그 성상을 모신 수레를 향하여 몸을 던져 죽음을 맞는 힌두교도처럼 끝 모를 파국을 마주한다. 그동안 자연을 배경으로 대상화하고 인간의 관계를 중심에 둔 문학도 인간이 자연과 마찬가지로 지질학적 행위자가 된 인류세의 대혼란 상황에 당혹할 수밖에 없다.

도시화로 인한 고향 상실이 근대의 시적 원천이었다. 하지만 지구 온난화로 다시는 그러한 고향으로 돌아갈 수 없는 상황이 오늘의 시적 현실이다. 서정의 회감(回感)은 이제 단지 환상이 되었다. 상실과 향수가 아니라 증대하는 파국의 예감이 시의 지평으로 부각한다. 적어도 이러한 감각이 개인의 정서와 느낌을 넘어서는 시의 정동(affect)을 형성한

---

2 클라이브 해밀턴, 정서진 역, 『인류세』, 이상북스, 2018, 6쪽.

다고 하겠다.

단단한 것은 틈이 있다지만
튼튼한 것은 갈라진다지만
틈이 견고한 벽을 무너뜨린다지만
갈라지고 갈라지기만 하면
무너짐도 무너진다

틈을 만드는 동안
갈라진 틈에 어디선가
깃털처럼 부드러운 풀씨가 찾아온다

틈은 반짝 희망이었다가 갈라지고 갈라져
사막을 만들기 시작할 때
틈을 내는 투쟁의 손도 갈라진다

틈에는 풀씨가 내려앉고
풀은 흙에 뿌리 내리는 것이 아니라
풀이 흙을 만들어간다

틈이 자라 사막을 만들어갈 때
풀은 최선을 다해 흙을 만들어 덮는다

—백무산, 「풀의 투쟁」[3]

시집의 첫머리에 실렸으니 서시에 가까운 질량을 지니고 있으리라 짐작할 수 있다. 쉽게 쓰인 듯하나 내장한 의미가 심장하다. 무엇보다 "틈"의 이미지에 먼저 주목할 수 있다. "틈"은 "단단한 것", "튼튼한 것", "견고한 벽"을 갈라지게 하고 무너뜨린다. 인간이 만든 제도와 장치, 건축과 체제는 아무리 완벽해도 틈을 지니게 마련이다. 때론 완벽함은 틈과 같은 다른 무엇을 배제한 환상이나 이데올로기에 지나지 않는다. 그런데 틈은 내재하기도 하고 만들어지기도 한다. 틈을 만드는 행위자는 인간일 수도 있고 자연일 수도 있다. 그 틈에 또 다른 행위자인 "깃털처럼 부드러운 풀씨가 찾아온다." 어려운 대목은 "틈은 반짝 희망이었다가 갈라지고 갈라져/사막을 만들기 시작할 때"라는 구절이다. 틈은 "희망"이지만 지속하지 않고 "반짝" 머물다 가버린다. 어떤 희망은 곧 환멸로 바뀌기 마련이다. 인간 중심으로 구축된 세계가 그와 같다. 이성, 합리성, 진보 등으로 포장된 인류사는 증대하는 엔트로피로 결국 더 큰 파국에 이를 수밖에 없다. "틈을 내는 투쟁의 손도" 마침내 갈라져야 한다. 인간만의 세계를 건설하는 "손"은 더 큰 혼란일 뿐이다. 붕괴 이후에 인간

3 백무산, 『폐허를 인양하다』, 창비, 2015, 10~11쪽.

은 단절되었다고 생각한 자연과 만난다. 이를 통해 개진되는 사유를 시노하라 마사타케는 '붕괴 이후의 철학'이라고 부르기도 한다. 붕괴 이후에 인간과 자연의 관계, 사물에 대한 성찰이 전개되기 때문이다.[4] 시인은 인간의 투쟁이 아니라 "풀의 투쟁"을 인식한다. "풀은 흙에 뿌리 내리는 것이 아니라/풀이 흙을 만들어간다"라는 진술이 말하듯이 "풀"이야말로 행성의 적극적인 행위자인 셈이다. 붕괴 이후("틈이 자라 사막을 만들어 갈 때")에 사물은 폐허가 아니라 새로운 생성의 주체("풀은 최선을 다해 흙을 만들어 덮는다")가 된다.

캐럴린 머천트는 "문학은 인류세 시대의 인간적 면모가 무엇인지 우리가 이해하는 데 도움을 줄 수 있다"라고 한다. "지구상의 자연, 생명과 우리 자신 간의 상호작용에 심대한 영향을 미치는" 방식을 말한다.[5] 하지만 자연을 대상화하고 인간 중심의 관계를 이야기해 온 근대문학이 기후 위기와 인류세에 대응하는 방법이 녹록하지 않다. 그동안 자본주의 리얼리즘에 문학도 매우 익숙해져 있기 때문이다. 적극적인 토론과 방향의 모색이 필요한 시점이다.

---

4 시노하라 마사타케, 조성환 외 역, 『인류세의 철학』, 모시는 사람들, 2022, 32쪽.

5 캐럴린 머천트, 앞의 책, 143쪽.

태평양의 작은 나라가 해수의 상승으로 잠기고, 홍수와 가뭄, 폭염과 한파로 고통받는 나라와 지역이 늘어나도 강 건너 불처럼 지나갈 일로만 느끼게 된다. 우여곡절이 있더라도 역사가 진보하리라는 오랜 믿음과 관습에 젖은 탓이다. 실제 묵시록의 네 기사, 역병과 전쟁과 기근과 죽음의 등장이 빈번하다. 코로나 역병을 경유하고 있고 우크라이나 전쟁이 언제 끝날지 예측할 수 없다. 머잖아 식량 위기가 도래하리라고 예상하기도 한다. 재난과 전쟁으로 인한 대규모의 죽음이 곳곳에서 나타나고 있는 오늘의 현실이다. 과연 묵시록의 네 기사는 빈번하게 교대로 또는 동시에 출현하고 있다. 하지만 종말은 신의 영역이어서 인간이 알 수 없는 일일 뿐만 아니라 더더구나 시장이 신이 된 시대의 인간은 이미 죽은 신이거나 숨어버린 신을 경배하지도 않는다.

많은 비판에도 불구하고 프랜시스 후쿠야마가 말한 '역사의 종언'은 거의 현실처럼 보인다. "역사의 근거를 이루는 여러 원리나 제도에는 앞으로 더 이상의 진보나 발전이 없을 것"[6]이라는 그의 생각은 대안 없는 자본주의의 가속 페달을 의미한다. 그 현기증 나는 소용돌이 속에서 인간은 과거와 미래를 보지 못하면서 현재의 압도적인 일상 속에서 살아가

---

6 프랜시스 후쿠야마, 이상훈 역, 『역사의 종말』, 한마음사, 1992, 9쪽.

게 되었다. 그 역시 니체가 말한 과잉과 쾌락에 빠진 '최후의 인간'을 경계한 바 있듯이 한편으로 고향을 상실하고 다른 한편으로 거대서사를 포기한 후기 현대의 우울한 나날이 지속되고 있다. 이러한 현실을 마크 피셔는 '자본주의 리얼리즘(capitalist realism)'이라고 부른다. 그는 책의 첫 장의 표제로 "자본주의의 종말보다 세계의 종말을 상상하는 것이 더 쉽다"라는 프레드릭 제임슨과 슬라보예 지젝의 구절을 가져다 놓는다.[7] 알폰소 쿠아론의 영화 〈칠드런 오브 맨〉이 담고 있는 디스토피아를 예로 들면서 위기와 비상사태를 겪으면서 민주주의가 명목상으로 남고 불투명한 미래로 인한 니힐리즘적 쾌락주의가 만연한 후기 자본주의의 표정을 '자본주의 리얼리즘'이라고 명명한다. 이는 마땅히 '사회주의 리얼리즘'에 대응하며 "자본주의가 유일하게 존립 가능한 정치 · 경제체제일 뿐 아니라 이제는 그에 대한 일관된 대안을 상상하는 것조차 불가능하다는 널리 퍼져 있는 감각"을 지시한다. 이러한 세계에서 "극단적 권위주의와 자본은 결코 양립 불가능하지 않다. 포로수용소와 프랜차이즈 커피 전문점이 공존하는" 풍경이다. 영화 〈칠드런 오브 맨〉에서 보듯이 "파멸은 장차 일어날 일도 이미 일어난 일도" 아니며 "오히려 파멸은 지금 겪고 있는 일"이 된다. "그것은 서서히 빛을 잃고 흐

---

7 마크 피셔, 박진철 역, 『자본주의 리얼리즘』, 리시올, 2018, 10~28쪽.

트러지면서 점차 허물어진다." "폐허와 유물 사이를 터벅터벅 걷고 있는 소비자-구경꾼만이 남아 있을 뿐"인 세계이다.

마크 피셔가 말하는 '자본주의 리얼리즘'은 세 가지의 의미를 지닌다. 첫째 대안이 없다는 의미. 둘째 미학적 스타일로만 남은 모더니즘과 대립하지 않는다는 의미. 셋째 외부성을 완전히 통합하고 욕망과 갈망을 선제적으로 사전 구성(precorporation)하고 형성한다는 의미. 이와 같은 세 가지의 의미를 지닌 자본주의 리얼리즘은 현실에 대한 "무감각화"와 연동한다. 마치 서서히 뜨거워지는 냄비 속에서 죽음을 모르는 개구리의 형국이다. 재난이나 재앙조차 시뮬라크르의 환상으로 그려진다. 따라서 엔트로피가 높아지고 세계가 소진되는 실재를 인식하기 힘들다. 이와 같은 자본주의 리얼리즘에 대응하여 새로운 서사의 가능성을 찾으려는 노력이 없지 않다. 그 하나는 근대 소설이 지닌 부르주아적 규칙성을 넘어서는 작업으로 이행하려는 소설가 아미타브 고시의 창작론이고 다른 하나는 근대의 거대서사를 대신하는 '신인간중심주의'의 '인류세 서사'를 창안하는 클라이브 해밀턴의 방법이다.

가. 아미타브 고시의 창작론

아미타브 고시는 『대혼란의 시대』에서 '기후위기에 저항하는 문학'이라는 현실을 비판하고 있다. 이에 대하여 약간의 논급을 한 바 있지만[8] 소략하여 미진한 느낌이 적지 않았다. 이는 그가 말한 대로 오늘날의 예술과 문학의 장치가 지닌 양식적 한계가 부르주아적 삶의 규칙성과 연관이 있다는 지적에 어느 정도 동의하면서 다른 한편으로 그렇다면 그 대안은 무엇인가라는 질문을 이어가지 못한 일과 연관된다.

아미타브 고시는 위기나 뜻밖의 재난을 오늘날의 장편소설이나 단편소설이 담지 않을뿐더러 담는다고 하더라도 공상과학 소설로 치부하기 쉬운데, 이는 "기존의 내레이션이라는 익숙한 배"를 타고서 "지구 온난화 추세가 '새 기준'으로 자리 잡은 시대"를 반영할 수 없기 때문이라고 지적한다.[9] 소위 부르주아적 규칙, 제국적 생활양식, 자본주의 리얼리즘이 서사의 장치와 플롯의 관습으로 자리하고 있어 심지어 "기후변화에 대해 드러내는 독특한 형태의 저항"으로 나타난다는 비판이다. 그는 먼저 "소설가가 기후변화에 관한 글을 집필하기로 결정할 때, 그것은 거의 언제나 소설 밖에서 이루어지는 일임이 분명하다. 거기에 딱 들어맞는 사례가 바로 아룬다티 로이의 작업"이라고 말한다. 아룬다티 로

---

8 구모룡, 「문학 생산을 위한 비판적 지정학」, 『문학/사상』 6호, 2022, 39~40쪽.

9 아미타브 고시, 김홍옥 역, 『대혼란의 시대』, 에코리브르, 2021. 이 책은 3부로 구성되며 문학, 역사, 정치로 전개된다. 이 가운데 1부 「문학」(11~117쪽)을 통하여 그의 논지를 검토한다.

이가 기후변화에 정통하고 실천을 지속하고 있으나 그에 관해 쓴 글이 대부분 에세이 형식이라는 데 주목하고 있다. 물론 아룬다티 로이의 장편 『지복의 성자』가 부르주아 양식을 답습하고 있는지는 의문이다. 오히려 소설의 열린 가능성을 보여주는 사례가 될 수도 있다. 또한 아미타브 고시는 소설 『더 웨이크』를 쓴 폴 킹스노스도 기후변화 운동에 헌신하고 있으나 아직 이를 전면에 내세우는 소설을 내어놓지 못하고 있다고 지적한다. 그러니까 아미타브 고시는 가장 실천적인 두 소설가가 기후위기라는 새로운 상황을 소설 속에 담아내지 못하는 사태를 "오늘날 순수 소설로 간주되는 것이 기후변화에 대해 드러내는 독특한 저항 탓"이라는 주장으로 이어간다. 어느 정도 소설가로서 자기비판을 전제한 판단으로 보인다.

아룬다티 로이의 글쓰기는 사회적 긴급성, 현장성을 실천적 수행과 제대로 일치하려는 노력으로 나타난다. 그가 소설보다 에세이나 수기 형식을 선택한 데는 즉각적이고 구체적인 대응의 필요성 때문이다. 가령 『9월이여, 오라』, 『생존의 비용』, 『우리가 모르는 인도 그리고 세계』, 『자본주의: 유령 이야기』를 보면 정치평론, 에세이, 수기, 사진을 곁들인 보고문 등, 그 형식이 한결같지 않음을 알 수 있다. 특정의 사건에 가장 적합한 생산양식으로 표출하였다. 그런데 소설은 개방성이라는 고유한 장점에도 불구하고 현실에 직접 대응하는 장르는 아니다. 가령 전쟁 소설에 대한 발터 벤야민의 지적을 상기할 수 있다. 그는 "전쟁소설들의 홍수 속에서 쏟아져 나온 것은 입에서 입으로 전해지는 경험과는 전혀 다른 것"이라고 하였다. 죽음의 동원인 전장에서 '말할 수 없는 것'은 물론이고 '말해지지 않는 것' 또한 허다하다. 기후변화로 인한 재난도 마찬가지의 지적이 가능할 수 있다. 재난의 경험이 소설로 변환하는 과정에 드는 시공간적 거리가 문제이다. 물론 재난이나 위기가 공상이나 환상으로 인식되는 현실은 심각하다. "인간이 지질학적 행위체가 됨으로써 지구의 가장 기본적인 물리 과정을 변화시키고 있는 시대"라는 의미의 '인류세'에 대한 자각과 인식이 매우 빈곤하다. 이미 와 있는 현실임에도 불구하고 오지 않는 미래로 간주한다. 더불어 양식과 체제의 전환을 절실하게 요구하지 않는다. 과연 3.11 후쿠시마는 사상으로 발전하였는가? 탈원전과 탈성장의 시스템으로 전환해야 한다는 사상적 변혁의 목소리를 '재난 자본주의'가 짓눌러 사라지게 하진 않았는가? 마찬가지로 물에 잠기고 있는 남태평양 군도와 녹아내리는 북극과 남극의 빙하가 지금의 체제와 다른 세계를 상상하는 계기로 발전하고 있는가? 오히려 먼 이국의 풍문으로 들리고, 이동의 속도를 단축한 항로의 개척으로 환호하고 있는 현실이 아닌가? 마찬가지로 문화와 문학 그리고 예술이 이와 같은 자본주의적 은폐 양식으로 작동하고 있다, 라고 아미타브 고시는 생각한다.

위기에 저항하는 문학은 비단 소설에 한정될 일은 아니다. 아미타브 고시는 근대 소설이 '전례 없는 일'이나 '있을 법하지 않은 일'을 배제하고 인과관계를 중시하는 플롯의 구축물이 되면서 한계를 지니게 되었다고 말한다. 이러한 대목에서 그가 끌어오는 개념이 프랑코 모레티의 필러(fillers)이다. 프랑코 모레티는 "필러는 흡사 제인 오스틴에게 더없이 중요했던 '훌륭한 예절'처럼 작용한다. 필러도, 훌륭한 예절도 모두 삶의 '서사성'을 통제하고 존재에 정규성, 즉 '양식'을 부여하고자 고안된 기제다. 소설은 바로 이 같은 기제를 통해 세상을 만들어낸다. 내러티브의 정반대로 기능하는 나날의 일상적 디테일을 통해서 말이다"라고 하여 전례없는 사건이 밀려나고 일상이 전경화한 근대 소설의 양식을 설명한다. 필러는 "부르주아적 삶의 새로운 규칙성과 양립 가능한 모종의 내러티브적 즐거움을 선사하는" 양식으로 간주한다. 사실 근대의 합리성과 인과론 그리고 환원주의가 소설의 플롯에 개입하는 과정은 틀림이 없다. 재난과 같은 우연과 조우성을 배제하고 "예측 가능한 과정"에 더 주목하기 마련이다. 이렇게 하여 "사실주의 소설이 현실을 구축하는 방식이 실상 현실적인 것의 은폐"라는 "사실주의 소설의 아이러니"가 발생한다. 그동안 "소설은 정확히 상상할 수 없을 만큼 거대한 힘들을 배제하는 방식을 통해,

그리고 그 변화를 제한된 시계라는 기간만으로 한정하는 방식을 통해" 구현되었으며 기후위기 시대의 대혼란(great derangement)을 담을 수 없었다. 한정된 스케일로 합리성과 이성 밖의 초과물(hyperobjects, 티머시 모턴의 개념)을 수용할 수 없었기 때문이다.

아미타브 고시는 기후위기 시대에 적응하는 소설의 가능성을 첫째 "오래전 소설이라는 영역에서 배제된 현상들, 즉 시공에 걸친 방대한 간극을 더없이 긴밀하게 이어주는 '생각할 수 없는' 규모의 힘들로 구성"하는 것, 둘째 서사시 등에 등장한 "비인간적 행위 주체성"을 수용하는 것, 셋째 "분할하기 프로젝트"를 넘어서 "자연-문화 혼성체"를 획득하는 것, 넷째 "전체로서 인간과 비인간"을 배치하고 그 모습과 목소리를 들려주는 것, 다섯째 이미지로 생각하는 혼합적인 형식을 창출하는 것 등으로 제시한다. 그는 이와 같은 방법을 통하여 소설의 "방향 전환"을 생각한다. 하지만 삽화, 만화소설, 혼합 형식 등의 제안이 과연 인류세 소설의 방향이 될 수 있을까, 라는 의문을 남긴다. 그 또한 소설의 방향 전환이 "마치 온실가스가 제트 스키에 익숙해 있는 세대를 저버리고 그들에게 노와 돛을 재발명하라는 과업을 안겨준 것 같다"라고 자신이 품은 곤경을 토로한다. 어쩌면 아룬다티 로이의 방식이나 다른 미디어의 활용이 기후위기를 계몽하는 데 더 시급하고 유용한 방법이 아닐까 한다.

나. 클라이브 해밀턴의 인류세 서사

역사의 종말과 자본주의 리얼리즘의 발달과 더불어 거대 서사에 대한 신념도 사라졌다. 미신에 대한 이성의 점진적 승리, 근대성의 목적론, 자본주의의 확산, 변증법적 진보, 유토피아에 대한 갈망 등의 거대서사가 퇴조하고 일상과 생활을 그리는 부르주아 리얼리즘이 지배적인 양식이 되었다. 하지만 클라이브 해밀턴은 "인류세의 도래야말로 전체 인류를 포괄하는" 새로운 거대서사의 필요성을 요청하고 있다고 주장한다.[10] 지역도 중요하지만, 기후위기 시대의 인류는 "역동적이고 진화하는 전체로서 점차 모든 지역의 운명을 판가름 짓는 지구"에 살고 있기 때문이다. 그는 "새로운 거대서사는 역사적 흐름을 통합해 위에서부터가 아니라 인간과 지질학적 역사의 수렴을 통해 아래로부터 인식되어야 한다"라고 말한다.

> 역사의 진보를 설명하는 보편적 이성의 힘이 거부되면서 거대서사도 함께 부정된다면, 인류세에서 나타나는 새로운 이야기는 과연 무엇이 될까? 그것은 이 책에서 과감히 밝히고 있는 인간의 서사이며, 새로운 지질학적 시대의 그늘 아래

---

10 클라이브 해밀턴, 앞의 책, 128~142쪽.

살아가게 된 삶의 서사이다. 인류세에서 전 지역들은 전 지구적인 상황에 지배되고 있으며, 역사의 사건들은 이미 전 지구적인 환경 변화의 흔적을 보여준다. 또한 전 세계인들의 생활은 인간의 흔적이 새겨진 '자연' 사태에 점점 더 예민해지고 있다. 국가들 간의 관계는 반격에 나선 지구에서 곤경을 헤쳐 나와 적응하는 쪽에 초점을 맞춰 맺어지고 있다. 이 새로운 서사에는 '인간화된 자연'의 그늘 아래 다양한 사건을 한데 모으는 힘이 있으며, 이러한 서사의 실마리는 지역적 관습이나 이해보다는 지구 시스템 과학의 확고한 논리를 발견할 수 있다. 이는 문화적 생산과 미적 창의성의 방향 전환을 요구하는 인간과 자연의 서사로서, 새로운 시대의 도래를 계기로 광대한 변화로 이어질 것이다.

이런 서사가 하나의 이야기 속에 모든 인간을 망라하고 있으나, 또 한편으로는 이전의 모든 메타서사와는 다른 방향으로 갈라지며 거대서사가 약속한 것들, 아니 오히려 약속하지 않은 것을을 향한다. 새로운 서사는 보편적 자유를 약속하지도, 인간의 잠재능력이 전성기를 맞이할 거라 전망하지도 않는다. 오히려 그 반대다. 인류세 서사에서 행복한 결말에 대한 약속은 없다. 그것은 우리가 믿고 싶은 이야기가 아니다. 어쩔 수 없이 받아들여야 하는 이야기다. 인류세에 나타난 새로운 서사는 홀로세 후기의 번영에 대한 낙관적 전망에서 인류세 초기의 음울한 방어적 태도로 전환되는 시대정신에 마음의 문을 열라고 촉구한다.

다소 장황한 인용이 되었으나 클라이브 해밀턴의 새로운 거대서사 혹은 인류세 서사의 요지를 잘 알려준다. 과거의 거대서사가 미래에 대한 낙관적 전망에 기반한다면 새로운 인류세 거대서사는 그 어떠한 낙관과 진보도 약속할 수 없는 조건을 안고 있다. 아미타브 고시도 말한 대로 근대의 서사의 배후에는 부르주아와 자본주의 국가가 자리한다. 합리성과 규칙성이 서사의 원리이다. 하지만 인류세의 서사는 국지적인 특정 사람들의 이야기가 아니며 지구 전체에 관한 역사를 이야기한다. 물론 여기서 말하는 서사는 역사, 문학, 담론을 모두 포괄한다. 클라이브 해밀턴의 새로운 거대서사론은 그 주체로 '신인간주의'를 내세운다. 이 점에서 행위자 네트워크(부르노 라투르), 사변적 실재론(그레이엄 하먼), 생동하는 물질(제인 베넷), 종의 관계(도나 해러웨이) 등 비인간 행위자나 사물주의에 대하여 비판적이다. "인류세는 인간 힘의 증대와 지구 시스템의 잠자고 있던 힘들의 활성화를 모두 반영한다"라는 그의 입장이 '신인간중심주의'를 내세우게 한다. 그는 인간의 힘이 자연의 힘과 겨룰 정도로 지구 시스템에 영향을 미친다면 인간이 고유한 생명체로서 문제의 중심에 있을 수밖에 없음을 역설한다. 이러한 그의 입장이 모든 사물을 행위자로 보거나 생동하는 물질로 이해하고 인간을 종의 맥락으로 인식하는 일과 양립할 수 없다고 생각하지는 않는다. 그러함에도 그는 행위자 네트워크나 사물주의를 '의인화' 정도로 격하하며 무엇보다 인간의 행위성이 인류세에서 가장 중요하다는 사실을 강조한다. 그래서 그는 "인류세에서 인간을 그저 또 다른 생물종으로 바라보는 서사는 유지될 수 없다. 새로운 지질시대는 우리가 자연세계와 아무리 깊게 연관되어 있다고 해도 궁극적으로는 인간이 매우 두드러진 존재임을 입증한다"[11]라고 주장한다.

3. 기후위기와 문학의 행방

사실 유년의 순수지각과 향수를 원천으로 삼는 서정의 불가능성은 벌써 예고되었다. 발이 눈 속에 푹푹 빠지고 천지가 하얀색으로 뒤덮이면서 꿩이나 토끼가 인가로 내려온 경험을 기억하는 이가 있다면 이미 그는 고향을 상실하였다. 수십 년이 지나도록 이와 같은 경험은 되돌아오지 않는다. 나아가서 많은 경우 고향은 전쟁, 재난, 도시화, 난민화로 폐허의 기억이 되고 말았다. 현실이 아닌 과거의 원천에 매달리는 서정은 상실과 노스탤지어 사이의 감정을 오가는 비가일 뿐 결코 기후위기 시대에 맞서는 양식이 될 수 없다. 아미

11 클라이브 해밀턴, 같은 책, 154쪽.

타브 고시가 말하는 소설과 마찬가지로 시 또한 기후위기를 은폐하는 양식으로 작동할 수 있다. 시를 주체의 표현이라고 생각하거나 언어의 건축술로 간주하는 기왕의 시법으로 새로운 시대의 기준에 호응하긴 힘들다. 가령 고통의 문제를 생각하면 표현의 한계는 곧 시적 한계가 된다. 일레인 스캐리에 의하면 고통의 몸 경험(felt-experience)은 언어에 저항하며 이는 단지 부수적이거나 우연한 속성이 아니라 고통의 본성이라고 한다. 한 개인이 겪는 몸의 고통은 무언가에 대한 혹은 무언가를 향한 대상을 갖지 않으므로 언어화되지 않는다. 그러므로 그것은 언어에 저항하고 언어 이전으로 역행한다. 고통을 표현하는 예술이나 시는 바로 이와 같은 역행에서 빠져나와 새로운 말을 만드는 과정이다. 고통이 언어로 이행하는 과정은 매우 힘들며 나아가서 불가능에 가깝다.[12] 적어도 고통의 시학은 불가능한 언어를 가능하게 하려는 실존적 기투로 이를 통하여 자신의 타자성과 타자에 이르게 된다.

조용미의 시집 『당신의 아름다움』[13]을 생각할 수 있다. 그는 "모든 통증은 제각기 고유하다 백조가 물 위를 날아가듯 천천히 여기, 이 자리에서 회복되고 싶다"(「알비레오 관측

12 일레인 스캐리, 메이 역, 『고통받는 몸』, 오월의봄, 2018, 9~19쪽.
13 조용미, 『당신의 아름다움』, 문학과지성사, 2020.

소」에서)라고 진술하는 한편 “당신은 나의 괴로움을 모른다 당신은 나의 정처 없음을 모른다 당신은 이 세계가 곧 무너질 것을 모른다”(「그날 저녁의 생각」에서)라고 말한다. 이토록 절실한 실존의 목소리야말로 무통과 무감각을 깨트리는 진정한 의미의 고통의 시학이 아닌가 한다. 하지만 많은 시인의 표현은 고통을 외면할뿐더러 언어만의 추상을 지향하기도 한다. 이와 같은 내향적 미학주의 혹은 주체 중심의 표현주의는 재난과 기후위기를 쉽게 그 내부로 받아들이지 못한다. 그렇다면 위기에 저항하지 않는 시적 대안은 있는가? 무엇보다 주체 중심의 서정주의를 극복해야 한다. 은유를 넘어서야 하고 언어의 건축술에 갇히지 않아야 한다. 그렇다고 세계가 생명적 연관으로 이어져 있다는 유기론이 대안이라는 말이 아니다. 행성적 감각으로 사물로 나아가는 방법의 모색이 요긴하다. 클라이브 해밀턴의 ‘신인간중심주의’가 기후위기에 대응하는 인류세 서사일 수 있다. 그러함에도 미시적인 차원의 분자적인 시적 접근이 필요하지 않은 것은 아니다. 인간과 사물의 관계를 새롭게 하고 행성에서 인간의 위상을 재정립하는 일도 긴급하다. 적어도 인간을 중심으로 하는 세계상과는 무관하게 세계가 존재한다는 인식이 요긴하다.[14]

14 시노하라 마사타케, 앞의 책, 40쪽.

모든 순간에는 끝이 있다
저 나비도 그걸 알고 있다
비 오는 날이면 늘 나비들이 어디 있는지 궁금했다

복사꽃 옆을 지나다 다시 돌아왔다
날개를 접고 꽃잎 아래 매달려 있다
더듬이와 꽃의 암술이 구분이 되지 않는다

큰줄흰나비 날개가 다 젖어 있다
무거워진 날개가 나비의 영혼을 붙잡고 있다
몸이 곧 영혼인 걸 너도 이제 알게 되었을 테지

무거워진 날개도 날개일 수 있는지 생각에 잠겨 있다
날개 때문에 날 수 없게 되었다
검은 날개로 깊은 사유에 들었다

나비와 나는 서로를 느끼고 있다
젖어가는 옷을 입고 나도 조금씩 무거워졌다
우리는 잘 알지 못하지만 빗속에 함께 있다

—조용미, 「날개의 무게」[15]

기후 위기는 인간이 자연 속에 존재함을 인식하게 하며 인류사와 자연사의 벽을 허문다. 시는 인간과 자연의 관계를 오래도록 생각해 왔다. 다만 주체의 감정을 투사하거나 이입하는 과정이 더 빈번하였다. 그런데 조용미의 「날개의 무게」는 아무런 수식이 없을 뿐 아니라 사물을 자아의 감정으로 착취하지 않는다. 시적 화자는 "비 오는 날이면 늘 나비들이 어디 있는지 궁금"해 한다. '나'에게도 '나비'에게도 비 오는 날은 특별한 날이다. 이렇게 시적 화자는 2연에서 나비를 발견한다. 3연은 그 나비가 구체적으로 "큰줄흰나비"라는 사실과 비에 날개가 젖은 그 나비에 대한 '나'의 생각을 서술한다. 4연은 나비의 생각을 말한다. 그리하여 마침내 5연에 이르러 "나비와 나는 서로를 느끼고 있다"라는 구절에 이른다. 날개가 젖은 나비와 옷이 젖은 '나'는 다 같이 "빗속에 함께 있다". 이처럼 '나'와 '나비'는 상호교섭한다. 그리고 "빗속에 함께 있다"라는 정동이 중요하다. 시 속의 비를 기후 위기로 확대해석해도 무방하리라고 생각한다. 지구라는 행성의 모든 사물은 위기 속에 함께 존재한다. "모든 순간에는 끝이 있다"라는 파국과 붕괴의 감각이 공존의 가능성이 된

15 조용미, 앞의 책, 58쪽.

다. 티머시 모턴은 “사물이 느끼게 하는 것은 그것이 사라져 가는 것에 대한 비가”[16]라고 했다. 지구상의 모든 사물은 인간을 포함하여 취약한 존재이다. 기후위기 시대에 이러한 붕괴의 가능성은 항상 존재하며 문학은 이와 같은 사물의 미시적인 공감에서 거시적인 인류세 서사로 다시 새롭게 펼쳐질 수 있다.

---

16 시노하라 마사타케, 앞의 책, 158쪽. 재인용. 원문은 “An object's sensuality is an elegy to its disappearance.”

구모룡

문학평론가. 한국해양대 동아시아학과 교수. 『제유의 시학』, 『근대문학 속의 동아시아』, 『폐허의 푸른빛』 등의 저서가 있음. kmr@kmou.ac.kr

정해진 미래를 기억하라

정다영

1. 이토록 참혹한 미래

기후위기를 최전선에서 근심하는 이들은 이미 2040년에 우리가 마지노선으로 잡았던 1.5도 상승을 피할 수 없을 것이라고, 그것은 이미 '정해진 미래'라고 말한다. 우리가 당도할 미래는 지금까지 우리가 경험하지 못한 재난을 가져올 참혹한 미래다. 기후위기를 공부하고 이야기하는 사람들은 정해진 미래를 상상하다가 절망과 우울에 사로잡히는 일이 많다.

기후위기의 문제를 생각하다가 김연수의 최근작 「이토록 평범한 미래」를 떠올렸다. 소설에는 자신들의 사랑에 미래가 없다고 생각해 동반자살을 시도했다가, 임사체험을 통해 '미래에서 과거로 진행되는' 인생을 한 번 더 살게 되는 연인의 이야기가 나온다. 그들은 그 두 번째 삶을 통해 사랑의 종말에서 시작으로 거슬러 올라가면서, 자신들이 (과거였던) 미래를 또렷하게 기억하고 있음을 알게 된다. 사랑이 시작되던, 설레고 기뻤던 순간, 가장 좋았던 미래로의 발걸음.

> 둘은 가장 좋은 게 가장 나중에 온다고 상상하는 일이 현재를 어떻게 바꿔놓는지 알게 된다. 그러면서 그들에게는 희망이 생긴다. 한 번 더 살 수 있기를. 다시 둘이 만났을 때부터 시작해서 원래대로 시간이 흐르기를. 그리하여 시간의 끝에, 모든 게 끝났다고 생각하는 바로 그 순간에 이르렀을 때 이번에는 가장 좋은 미래를 상상할 수 있기를.[1]

그들은 세 번째 삶을 부여받게 된다. 동반자살을 시도했던 그 순간부터 다시 첫 번째 삶과 같은 시간의 흐름으로, 그러나 두 번째 삶의 방식대로. 이제 그들의 삶을 규정하는 것은 과거가 아니라 미래다. 첫 번째 삶에서는 결코 가능하다고 생각되지 않았던, 그들이 당도할 평범한 미래, 좋은 미래에 대한 상상이 그들의 현재를 바꾸고, 이끌어간다.

우리는 미래를 기억하지 못한다. 과거만을 기억하고 과거에 얽매여 살아간다. 과거의 영광을 그리워하는 사람도 과

---

1 김연수, 『이토록 평범한 미래』, 문학동네, 2022, 23쪽.

거의 망령에 사로잡혀 사는 사람도. 과거와 이어진 현재가 영원히 계속될 거라고 생각한다. 우리는 미래를 기억하지 않는다. 미래는 아직 일어나지 않은 일이고 기억이 아니라 상상의 영역이라 믿는다. 기억은 또렷하지만 상상은 불명확하다. 우리가 고통스러운 과거의 기억으로 몸서리치듯 생생하게 미래를 기억할 수 있다면, 그것이 좋은 기억이든 나쁜 기억이든 우리의 현재를 바꿀 수 있지 않을까. 우리가 아직 오지 않은 미래를 펼쳐볼 수 있다면, 여러 갈래로 펼쳐진 미래의 가능성들 중에 가장 좋은 것을 끝까지 믿을 수 있다면, 실패하더라도 매번 다시 그것을 선택할 수 있다면,[2] 나 혼자가 아니라 함께 그럴 수 있다면, 인류의 좋은 미래를 같이 그려볼 수 있다면.

우리가 당도할 미래가 그토록 참혹한 것이라면, 우리에게 아무런 희망이 없는 것처럼 생각된다면, 우리는 그 미래에서 시작해 과거로의 삶을, 두 번째 삶을 살아보아야 하는 게 아닐까. 내가 직접 경험한 것보다 훨씬 더 먼 과거에 이르기까지, 인류가 그동안 쌓아온 모든 인문학적 · 사회과학적 지식을 바탕으로 저 멀리, 끝까지 살아볼 수 있다면, 우리가

---

2 "하지만 이제는 안다. 우리가 계속 지는 한이 있더라도 선택해야만 하는 건 이토록 평범한 미래라는 것을. 그리고 포기하지 않는 한 그 미래가 다가올 확률은 100퍼센트에 수렴한다는 것을." 김연수, 같은 책, 34~35쪽.

잃어버린 혹은 잊고 있는 아름답고 좋은 것들을 다시 기억할 수 있다면, 어쩌면 세 번째 삶에 대한 희망이 우리에게 다시 싹트지 않을까.

2. 근심의 공동체

위기에 처했을 때 우리가 보이는 반응은 크게 세 가지다. 망했다고 좌절하며 포기하거나, 그래도 할 수 있다는 희망을 갖고 뭔가 해보려 하거나, 위기를 인정하지 않고 외면하면서 대응을 미루거나. 그동안 기후위기와 관련해 우리가 해온 일은 세 번째에 가깝다.

2021년 6월경 광주의 산수동에 작은 독립책방이 하나 생겨났고, 거기서 '기후위기를 염려하는 사람들'의 독서모임이 만들어졌다. 기후 문제를 위기로 인식한 다양한 사람들이 모여 한 달에 한 권씩 책을 읽어나갔다. 첫 책은 나오미 클라인의 『미래가 불타고 있다』였던 것으로 기억한다. 기자의 다급한 손에서 나온 글들은 우리의 마음에 불을 지폈고, 모임의 이름은 〈뭐라도 해〉로 정해졌다. 이후 기후정의, 탈성장, 새로운 경제, 제로웨이스트, 채식, 식탁의 탄소 다이어트 등 다양한 주제를 다룬 책들을 읽어나갔다.

기후를 생각함은 세계에 대한 근심으로 깊어져 가고, 자본주의 시스템을 바꾸지 않고서는 극적인 변화는 불가능한데, 과연 그것이 가능할까 하는 의구심으로 마음이 어두워져갔다. 이 문제는 세계 전체의 광범위하고 전면적인 변화를 요구하는데, 문제의 긴박함과 어려움에 비해 정치와 우리의 일상은 너무 느긋해 보였다. 탄소중립 시한은 점점 앞당겨지는데, 10년 안에 획기적인 변화가 일어나지 않으면 안 된다는데, 우리의 얼굴에는 그런 급박함이 보이지 않는다. 그 어느 때보다 물질적인 풍요를 누리면서도 "나에게 좀 더 많은 것을, 좀 더 좋은 것을!" 달라고 외치는 우리의 기름진 얼굴. 착취와 낭비가 일상이 된 탓에 내가 무엇을 착취하고 있는지 무엇을 얼마나 낭비하고 있는지조차 의식하지 못하는 시대.

'뭐라도 해'의 구성원들 중에는 다소 과격한(?) 실천주의자들이 몇 있다. 탄소중립을 위해서는 더 많은 사람들이 자전거를 타야 한다면서 위험을 무릅쓰고 6차선 도로에서 자전거를 타는 J(나는 소심쟁이라서 차마 자전거를 차도에서 타지는 못하고 대중교통을 이용하고 있는데, 이분 때문에라도 광주에서도 '완전도로' 만들기 운동을 해야 한다.[3]), 일회용품을 혐오하

---

3 '완전도로'란 자동차뿐 아니라 대중교통(버스), 자전거, 보행자를 포함한 도로의 모든 교통수단 이용자가 안전하게 이용할 수 있는 도로를 의미한다. 기존 도로와의 가장 큰 차이는 도로를 이용하는 모든 수단에 대해 해당 수단을 이용하는 이용자의 요구를 최우선으로 고려해 만든다는 점이다. 특히 보행자와 자전거 이용자의 요구사항은 완전도로를 계획하는 데 있어서 중요한 요소가 된다. 자동차의 경우 자동적인 감속

며, 쓰레기 자체를 거의 만들지 않는 삶을 살면서 주위 사람들을 혼내는 K(모두 그의 눈치를 보며 간식을 사 올 때도 신중에 신중을 기한다. 물론 최고 고려사항은 노플라스틱, 노비닐이다.), 자신이 걸어 다닐 수 있는 범위 내에서만 활동하며, 최근 광주 물부족 문제가 심각해지자 집에서도 화장실 이용을 자제하고 가족들이 모두 볼일을 본 뒤에 모아서 물을 내린다고 하여 모두를 숙연하게 만들었던 P(아, 그렇게까지…). 그 외에도 다들 서로의 생활 팁을 공유하며 더 에너지를 절약하고 탄소를 덜 배출하는 삶의 방식을 고민하고 실천한다.

많은 사람들이 일상 속 개인의 실천은 너무 미미한 영향을 가질 뿐이라고 고개를 젓지만, 개인의 실천은 의미 있다. 그 자체로 의미가 있고, 그것이 공동체의 실천과 결합될 때 의미가 증폭된다.[4] 또한 내 일상에서 실천하다 보면 개인적

이 이루어질 수 있도록 길을 S자로 설계하기도 하며, 킥보드와 같은 개인 이동수단을 위한 공간을 도로 내에 따로 만드는 것이 요구될 수 있다. 특별히 정해진 형식이 있다기보다는 각 도로를 이용하는 사람들의 요구에 맞게 계획하는 것이 중요하다.

4 "제 몸집을 불리는 경제들이 도발한 막대한 자연환경 파괴 앞에서, 고기를 적게 먹고 자전거로 출퇴근하고 공유물을 늘려나가는 식의, 개인의 소소한 성취란 실망스럽고 허망하게 보일지 모른다. 그러나 바람직한 세계를 실현하도록 서로를 격려하는 행동은 굉장히 중요하다. 바로 그런 격려가 '사회적, 정치적 반향이 넓은 살아감과 자기됨'이라는 인생길에 물을 주고, 우리를 변화시키기 때문이다. 개인적 행동의 실천은 정책·제도 개혁을 실행하는 사회를 건설해가는 첫 번째 발걸음이다." 요르고스 칼리스 외, 우석영·장석준 옮김, 『디그로쓰』, 산현재, 2021, 89쪽.

실천의 한계에 대한 자각에 이르게 된다. 바로 그 지점에서 기후위기의 해결을 위해서는 사회적 실천이 무엇보다 중요하다는 점, 다시 말해 이것은 정치운동을 동반할 수밖에 없다는 점을 깊이 절감하게 되고, 정치적 변화를 추동하는 주체로 변모하는 계기가 된다.

3. 적정선을 잊은 자의 비극

'적정선을 모르는 사람'은 유머로 사용되기 좋은 소재다. 그는 의도가 나쁘다고 할 수 없으나 적정선을 알지 못하는 까닭에 늘 도를 지나쳐 결국 사람들에게 불쾌감을 주고, 괴롭게 만든다. 문제는 그는 정말 적정선이 어디까지인지를 모르고, 주위 사람들이 자신으로 인해 얼마나 괴로운지 도무지 알지 못한다는 데 있다.[5]

인류는 적정선을 알지 못하는 사람처럼, 아니 적정선의 한계를 넓히다 못해 파괴할 듯이 달려왔다. 산업과 결탁

---

5 내가 흥미롭게 보았던 적정선을 모르는 인물은 시트콤 〈지붕뚫고 하이킥〉의 '정보석'이다. 그는 아이처럼 장난을 좋아해서 지치지 않고 계속 장난을 치는데, 이를테면 낮에 시작한 장난을 밤까지 계속해서 가족들의 원성을 산다. 어른이 되었지만 여전히 자신의 즐거움만을 우선시할 뿐 그것이 다른 사람에게는 즐거움이 아니라 괴로움이 될 수 있다는 사실을 의식하지 못한다. 무엇보다 그의 가장 큰 문제는 언제 어디서 멈춰야 하는지를 모른다는 데 있다. (지금의 우리가 그렇다.)

한 미디어는 과도함을 당연하고 일반적인 듯 전시하고 사람들의 적정선의 관념을 넓혀왔다. 1965년 최초의 냉장고는 120리터였는데, 최근에는 800리터가 넘는 냉장고를 한 집에서 여러 대 쓴다. 텔레비전도 15인치 정도로 시작했는데, 75~85인치까지로 커졌고, 자동차도 두 대 이상을 가진 집들이 흔하다. '거거익선'이라는 말로 더 큰 것을 선호하는 것이 당연한 듯 생각하게 만든다. 건조기, 식기세척기, 로봇청소기, 스타일러 등등 '필수' 가전의 수는 점점 늘어가고, 리모델링하고 새 가전으로 채운 공간을 전시하고 공유하며 "이 정도는 있어야지. 다들 이렇게 살잖아."라고 위안하고 소비를 독려한다. 옷은 작은 장을 벗어나 당당히 방을 갖게 되었다. 거대한 냉장고, 팬트리에 가득 찬 음식과 생활용품들은 작은 슈퍼마켓을 꿈꾼다.[6] 우리의 일상은 적정선을 넘어도 한참 넘은 게 아닐까?

---

6 올려도 올려도 끝없이 올라가는 TV채널처럼 우리 일상의 과도함은 끝도 없이 말할 수 있을 것 같다. TV와 PC, 스마트폰을 통해 끊임없이 무엇인가를 사라고 광고하는 사회에서 많은 사람들이 쇼핑중독에 시달린다. 집 앞에 가득 쌓이는 택배 박스, 뜯기만 하고 한 번도 사용하지 않은 물건들, 심지어는 상자에서 나오지도 못한 채로 방치되는 물건들. 문제는 여러 갈래로 뻗어 있다. 필요가 아니라 쇼핑하는 순간의 즐거움을 위해 (또는 세일을 하기 때문에) 물건을 산다는 것, 대량으로 사면 싸기 때문에 필요보다 많은 양을 구입하고 이것이 낭비와 폐기로 이어진다는 것, 계속해서 신제품이나 아이디어 상품이 나와서 '필요'의 의미가 필요 이상으로 넓어진다는 것.

인간에게 한계가 있듯이 자연에도, 당연히 지구에도 한계가 있다. 하지만 우리는 한계를 잊도록 훈련되어 왔다. 우리 자신의 한계를 잊고 더 많이 더 오래 일하며 소진할 때까지 달리기를 강요받았고, 그러면서 자연이 그 풍요로움을 유지하지 못하고 고갈될 때까지 자연을 쓸어 담았다. 문제는 자연의 고갈이 아니다. 우리가 마주한 위험은 자연이 고갈을 넘어서 붕괴로 향하고 있다는 사실이다. 인간도 한계를 잊고 달리다 보면 번아웃이 찾아온다. 정도의 차이가 있을 수 있지만 충분한 휴식을 취하고 자신이 감당할 수 있는 정도로 일을 줄이거나 전환하면서 자신의 삶을 재정비하는 기회로 삼으면 큰 문제가 되지 않을 수 있다. 하지만 자신의 한계상황을 인지하지 못한 채 번아웃이 온 줄도 모르고 계속 더 달리다 보면 갑자기, 죽게 된다. '지구의 위험한계선'이라는 개념은 지구의 번아웃의 다른 이름이다.[7]

---

7 '지구의 위험한계선'은 2009년 스톡홀름 복원력센터의 요한 록스트룀, 미국의 기후과학자 제임스 핸슨, 인류세 개념을 고안한 파울 크뤼천이 이끄는 팀에서 발표한 보고서에 등장하는 개념이다. 이들은 지구시스템이 온전히 유지되기 위해 통제되어야 할 아홉 개의 영역을 설정하고, 각각에 대해 위험한계선을 추산했다. 거기에는 기후변화도 포함되는데 이들의 추산에 따르면, 기후가 안정적으로 유지되기 위해서는 대기 중 이산화탄소 농도는 350ppm을 넘어서는 안 된다. 그러나 우리는 1990년에 한계선을 넘었고, 2020년에는 415ppm을 기록했다. 이미 우리는 한참 선을 넘었다. 또한 다른 세 개의 영역에서도 이미 위험한계선을 넘은 것으로 측정된다. 제이슨 히켈, 김현우 · 민정희 옮김, 『적을수록 풍요롭

4. 기후위기에 대처하는 세 가지 방법

기후위기에 대한 해석과 대안모색에는 여러 입장이 존재한다. 김환석은 이를 크게 생태근대주의, 생태사회주의, 신유물론으로 분류한다.[8] 이들이 내놓는 해법을 중심으로 간략히 설명하자면, 생태근대주의는 기술진보를 통해 기후 · 생태 위기를 극복할 수 있다고 보는 관점이다. 생태사회주의가 자본주의 시스템의 전복을 통해 해결책을 찾는 정치적 접근이라면, 신유물론은 이원론과 인간중심주의에 기초한 근대문명에서 벗어나 새로운 문명, 즉 생태문명으로 전환할 것을 대안으로 제시한다.

생태근대주의자들은 '지구공학'을 해법으로 내세우며, 지구환경을 조작하는 기술의 발전을 통해 기후변화를 막고, 현재의 생활방식을 계속 유지할 수 있다고 주장한다. 달콤한 유혹이지만 지구공학의 위험성에 대한 여러 경고들, 기술 개발의 불확실성, 탄소중립 시한의 단축 등을 고려할 때 좋은 선택지가 되지 못한다.[9] 기후위기를 해결하기 위해

다: 지구를 구하는 탈성장』, 창비, 2021, 171~172쪽.

8 김환석, 「기후위기, 문명의 전환과 생태계급: 신유물론적 관점」, 『경제와 사회』 vol. 136, 비판사회학회, 2022, 51~60쪽.

9 한재각은 이런 관점이 '현상유지론'의 다른 이름이라고 본다. 개발 여

서는 사회 · 정치 · 문화적 변화가 불가피하다는 사실을 받아들인다면, 생태사회주의와 신유물론적 관점에 귀를 기울이게 된다.

생태사회주의의 관심은 현재의 위기를 초래한 자본주의 시스템의 전복, (성장 중심의 패러다임에서 벗어난) '탈성장 세계'라는 새로운 시스템의 구축에 있다. 하지만 삶의 향상을 위해서는 경제성장이 필수적이라는 생각에서 벗어나기 어렵고(경기침체에 대한 두려움), 새로운 시스템으로의 전환은 일자리의 전환도 요구하기에(일자리의 불안정성에 대한 불안) 많은 사람들에게 아직 급진적인 주장으로 여겨진다. 더구나 아직 가보지 않은 길이기 때문에 구체적인 모습을 상상하기 어려워 일종의 '유토피아'처럼 생각되기도 하고, 익숙한 자본주의를 고쳐 쓰는 게 현실적이라는 비판도 받는다. 그러나 다가올 재난을 줄이고 지구에서 인간이 계속 살아가기 위해서는 시스템의 변화는 불가피하고, 이미 세계의 곳곳에서 시도하고 있는 여러 대안들이 존재한다.

신유물론자들은 지구 내에서 인간의 위치를 재조명하고 인간과 비인간 사이의 관계를 재정립하는 데 관심을 둔다.

부도 불투명하고, 개발된다고 해도 언제가 될지도 모르며, 실험과정에서 많은 부작용을 일으킬 수 있는 기술에 기대를 걸면서, 사실은 지금 당장 해야 하고, 할 수 있는 탄소 감축 노력을 미루기 위한 좋은 핑계가 될 수 있기 때문이다. 한재각, 『기후정의』, 한티재, 2021, 122쪽.

이들은 우리가 마주한 재앙적 미래가 인간이 지구를 자원으로만 바라보고, 지구의 또 다른 주체들인 비인간 존재들을 마치 사물처럼 대한 것에서 비롯했다고 보기 때문이다. 우리가 관심을 기울여야 할 것은 인간에게 유리한 "생산을 위한 자원의 동원"의 문제가 아니라 "지구라는 행성의 거주가능 조건"을 탐색하는 일이다.[10] 이들이 가야 할 길로 제시하는 '생태문명'은 '탈성장'과 마찬가지로 아직 생성 중인 개념이다. 지속가능한 사회시스템을 새롭게 만드는 일과 더불어, 지구라는 행성에서 패권적 위치를 주장해왔던 인간의 자리를 다른 무수한 생명들과 공유하는 사유방식의 전환, 새로운 문명의 창출은 필수불가결해 보인다.

5. 지구의 주인은 누구인가

기후위기는 문명에 대한 적극적 성찰을 불러왔다. 현재의 생태위기를 불러온 원인으로 지목되는 '인간중심주의'를 극복하고 자연과 인간의 관계를 재정립하려는 움직임들이 있다. 지구에서 인간이 계속 살아가기 위해 지구를 보호해야 한다는 환경관리주의적 관점을 넘어, 지구의 주인 또는 주체가

10 브뤼노 라투르 · 니콜라이 슐츠, 이규현 옮김, 『녹색 계급의 출현』, 이음, 2022, 26쪽.

과연 인간인가, 혹은 인간만이 지구의 주인 또는 주체인가에 물음을 던지는 것이다.

인간과 자연의 관계를 재설정하기 위해 서양의 인류학자와 철학자들은 다른 문명을 살아가고 있는 원주민 공동체들의 세계관에 주목했다. 아추아족, 카나크족 등은 동식물과 인간 사이의 구별과 위계를 거부한다. 동식물 역시 인간과 마찬가지로 영혼을 가지며, 따라서 인격(person)이고, 지구의 주체로 간주된다. 이들에게 숲은 단지 자신들의 생명을 보존하기 위해 필요한 자원의 공간이 아니라, 다른 인격들과의 유대와 연결의 공간이다. 숲은 지구의 여러 주체들이 공존하고 필요한 것들을 교환하는 곳이며, 삶과 죽음의 순환으로 연결된 곳이다.[11]

아메리카 원주민들의 이런 애니미즘적 문화를 재발견해 생태위기 극복을 위해 필요한 세계관으로 재정의하는 움직임을 '신애니미즘'이라 부른다. 모든 존재들에 영혼이 있다고 믿었던 기존의 애니미즘적 믿음과 달리, '신애니미즘'

---

11 제이슨 히켈은 『적을수록 풍요롭다』 6장에서 이에 대해 상세히 다루고 있다. 또한 한국에서도 서양의 신애니미즘적 흐름에 관심을 갖고, 비인간 존재들과 사물에 인격성을 부여하는 한국과 동양의 세계관을 발굴해 새로운 존재론을 모색하려는 연구들이 이루어지고 있다. 조성환 · 허남진, 「인류세 시대의 새로운 존재론의 모색-애니미즘의 재해석과 이규보의 사물인식을 중심으로」, 한국종교교육학회, 『종교교육학연구』, vol. 66, 2021.

이 주목하는 것은 인간과 지구의 다른 존재들과의 '관계성'이다. 신애니미즘의 대표자인 그레이엄 하비는 애니미즘을 "세계가 살아있는 인격들(persons)의 공동체이며 그 가운데 일부만이 인간이라고 이해하는 세계관"으로 정의한다. 애니미스트는 애니미즘적 세계관을 가지고, 삶이 지구의 다양한 "타자들과의 관계 속에서 꾸려진다는 것을 인식하는 사람들"을 말한다.[12]

문명의 발전은 인간들 사이의 그리고 인간과 비인간들 사이의 관계와 연결을 약화시키는 방향으로 이루어졌다. 찰스 몽고메리는 '자동차가 어떻게 이웃과의 관계를 단절시키는지'에 주목했다. 그에 따르면 주민들의 사회활동과 주민 간 교류량은 자동차 통행량에 반비례하며, 자동차의 소음은 공공 공간에서 사람들의 사회성을 감소시킨다. 또한 주차장이 도시 곳곳에 잘 갖추어질수록 사람들은 집에서 멀리 떨어진 곳에서 소비하고 물건을 구입하고, 주차장이 집 안이나 아파트 내부에 갖추어지면 집 근처 보행로에서 이웃을 마주칠 가능성은 줄어들게 된다.[13] 그런데 자동차는 인간들 사이의 관계만을 약화시키는 것이 아니다. 자동차가 많이 다닐

12 유기쁨, 「애니미즘의 생태주의적 재조명: 믿음의 방식에서 삶의 방식으로」, 『종교문화비평』 vol. 17, 한국종교문화연구소, 254쪽.

13 찰스 몽고메리, 윤태경 옮김, 『우리는 도시에서 행복한가』, 미디어윌, 2014, 271~282쪽.

수 있도록 점점 더 넓어진 도로에는, 주차장이 된 도시의 넓은 땅에는 원래 어떤 생명체들이 존재했을까.[14] 인간이 편하게 걷기 위해 보도블록을 깐 틈새에 솟아난 풀들을 볼 때, 더 많은 생명체들이 공존할 수 있는 길의 모습은 어떤 것일까 생각하게 된다.[15]

우리가 추구한 '자유'의 가치는 자본주의 아래 '편리'와 결합하면서 지구의 엄청난 자원을 빨아들였다. '더 편리할수록 더 자유롭다, 더 편리할수록 더 진보한 것이다'라는 생각은 필요를 넘어선 소비를 정당화하고, 낭비를 일상화했다. '이 집에 있는 건 다 내꺼야 내꺼! 당장 내놔!'라고 외치는 〈지붕뚫고 하이킥〉의 해리처럼, 쓸 수 있는 한 모든 것을 다 쓰고 다 누리려 한다.[16] 그것이 다른 사람의 것을 빼앗는 일

---

14 월드워치연구소의 마이클 레너에 따르면, 세계 전체적으로 볼 때 도시에서 도로와 주차장 등 자동차 인프라를 위해 사용하고 있는 면적은, 평균적인 도시의 경우 최소 전체 면적의 1/3을 차지한다. 박용남, 『도시의 로빈후드』, 서해문집, 2014, 121쪽.

15 최근 파리의 도시정책은 주목해볼 만하다. 〈15분 도시〉로 잘 알려져 있고 한국을 포함해 세계의 많은 도시들에서 벤치마킹하고 있는 이 정책의 핵심은 '자동차를 거의 타지 않아도 되는 도시'를 만들겠다는 것이다. 도시의 주차장 면적의 절반을 축소하고 자전거 전용도로를 확충하며, 도시 전체를 정원으로 만드는 것이 주요 목표다. 새 건물을 지을 때는 그로 인해 훼손하게 되는 식물과 야생동물 등에 대한 보존방법도 제시해야 한다.

16 앞에서 언급한 시트콤 〈지붕뚫고 하이킥〉에 등장하는 초등학생 '정해리'는 현대인들의 표상처럼 보인다. 그는 아이이기에 우리처럼 욕망을

이라는, 먼 곳에 있는 다른 사람을 착취하고 그들의 영토를 훼손한다는 자각 없이.[17] 그리고 불행하게도 기후위기의 결과는 착취당하고 훼손당한 땅에 사는 사람들에게, 가장 무고한 자들에게 가장 먼저, 가장 강도 높게 찾아온다.

6. 녹색계급을 기다리며

모든 것이 재편되어야 한다. 지금의 생활방식을 그대로 유지하기 위해서 지구가 몇 개 더 필요하다는 말은 단순한 수사가 아니다. '지구 거주 가능 조건'을 대전제로 한 생활세계의 재편. 각자의 영역에서 이 대전제를 구체화할 세부계획을 논의하고 내놓아야 한다. 우리가 대응을 미루면 미룰수록 더 어려운 조건이 형성된다.

라투르는 이 일을 해낼 주체로 '녹색계급'을 호명한다.

속내로 감추지 않고 투명하게 드러낼 뿐이다. 또한 해리가 사는 집에는 식모 동생인 또래 친구 '신신애'가 있는데, 둘의 관계는 (한국 내의 계급 차를 보여주는 것이긴 하지만) 선진국과 제3세계의 관계를 연상시킨다.

17 경제성장은 생산에 들어가는 비용을 줄임으로써만 가능하다. 따라서 한국을 포함해 현재의 선진국들은 생산에 필요한 노동, 원료, 에너지 등의 비용과 생산에 따른 환경오염 등의 피해를 줄이기 위해(환경오염을 복구하는 것도 비용이기에) 되도록 멀리 떨어진 나라에 그 비용과 피해를 떠넘겨왔다. 『디그로쓰』의 저자들은 '착취'는 '경제성장의 필수성분'이라고 말한다. 여기서 착취는 인간에 대한 착취와 자연에 대한 착취 둘 다를 포함한다.

이들은 우리가 지구에서 계속 거주하기 위해, 인간을 포함해 지구에 거주하고 있는 다양한 생명체들과 어떻게 공생하고 관계할 것인가의 문제를 떠맡는 계급이다. 이제 중요한 것은 착취와 파괴를 당연시하는 무조건적 생산의 확대가 아니라, 지구의 생명체들이 공존할 수 있는 범위 내에서 삶에 필요한 것들을 '서로 주고받는 방식'을 다시 고안해내는 일이다. 다양한 생명체들이 지구에서 살아갈 권리를 인정하는 일은, 인간이 누려야 한다고 믿는(믿어왔던) 권리와 충돌할 것이다.[18] 그러므로 현재 인간들이 부당하게 과점유하고 있거나 착취하고 있는 어떤 영토들은 원래의 주인들에게 돌려주어야 한다.

하지만 '더하기가 아닌 빼기'를 주장하는 것은 환영받지 못한다. 작은 것이 아름답다고, 적을수록 풍요롭다고 말해보지만, 사람들은 크고 많음의 이미지가 주는 포만감을 사랑한다. 사람들은 '옛날로 돌아가자는 거냐'고 반문한다. 그 말에는 가난의 기억이 주는 결핍과 불편에 대한 강한 거부가 담겨 있다. 원래의 주인에게 그들의 땅을 돌려주었을 때

---

18 환경보호와 개발(관광, 간척, 도로 등을 위한) 사이의 충돌은 지금도 계속되고 있다. 개발주의자들은 언제나 다시 경제적 효과를 핑계 삼아 모든 곳을 파괴할 준비가 되어 있다. 따라서 라투르는 "자연에 관해 말한다는 것은 평화협정에 서명하는 것이 아니"고, "자연은 통합을 고취하기는커녕 분열을 조장한다"고 말한다. 브뤼노 라투르 · 니콜라이 슐츠, 『녹색 계급의 출현』, 12쪽.

우리가 받게 될 선물을 상상하지 못하기 때문이다.[19]

녹색계급은 더 아름다워져야 한다. 아름다운 이야기들을 더 많이 발명해내야 하고, 그 이야기가 작은 곳들에서 현실이 되도록 해야 한다. 좋은 미래는 불가능하다고 생각하는, 옛날로 돌아갈 수 없다는 닫힌 마음들에 균열을 낼 만한 아름답고 따뜻한 이야기. 진보에 대한 상상이 근대인들의 마음에 불을 지펴 미래를 태워버렸다면, 녹색계급이 그려낼 풍요로운 미래에 대한 기억은 우리의 마음을 녹여 불타버린 미래에 나무를 심고, 거기서 더 많은 동물들이, 무수한 생명체들이 뛰놀게 할 것이다. 그 곁에 나란히, 인간이 있다.

---

19 우리가 요즘 어느 요리에나 손쉽게 넣어 먹는 새우의 상당 부분은 베트남이나 필리핀 등 동남아 지역에서 양식된 것이다. 이 새우 양식장은 맹그로브 숲을 벌목해 조성하는데, 문제는 새우 양식장은 사료, 배설물, 세균 등으로 금방 오염되어 3~4년이면 폐기해야 한다는 점이다. 새우 양식은 세계의 맹그로브 숲을 매우 빠른 속도로 없애고 있다. 그런데 맹그로브 나무는 물고기들의 보금자리이자, 태풍이나 해일, 쓰나미를 막아주는 방파제 역할을 하고, 뿌리는 토양을 고정해 토양의 침식작용을 억제하며 수질을 개선한다. 맹그로브 숲은 이산화탄소 흡수량이 열대우림보다 3~5배나 높고, 10배 빠른 속도로 탄소를 격리하는 '지구의 공기청정기' 역할을 한다. 우리가 맹그로브 숲을 거기서 살아가는 생명체들에게 돌려준다면, 숲은 새우가 우리에게 주는 기쁨보다 훨씬 큰 것을 우리에게 줄 것이다.

정다영

철학박사. 전남대와 조선대에서 강의하고,

미학 · 페미니즘 · 생태 · 마을에 관심을 가지고 연구한다.

기후위기를 근심하는 모임 〈뭐라도 해〉의 회원이다.

cassus103@gmail.com

링크 유실-민주주의와 자본주의의 연결은 어떻게 해제되고 있는가

정정훈

1. 자본주의에 의한 민주주의의 식민화

신자유주의와 민주주의의 관계에 대한 논의는 적지 않다. 잘 알려진 바와 같이 신자유주의에 대한 비판적 입장, 혹은 좌파적 비판 가운데 하나는 신자유주의자들의 선전(propaganda)과 달리 신자유주의는 자유를 중심으로 한 민주주의를 강화하는 것이 아니라 오히려 민주주의와 정치적 자유를 제한하고 억압한다는 논의이다.(김세균, 2007; 이계수 · 오병두, 2008; 크라우치, 2008; 월린, 2013)

국가권력의 억압적 성격 강화 및 민주주의의 쇠퇴라는 신자유주의의 정치적 측면에 대한 이와 같은 다양한 논의들은, 하버마스식 표현을 그의 맥락과 다르게 활용하자면, '자본주의에 의한 민주주의의 식민화'라고 정리할 수 있을 것이다. 즉 자본주의와 민주주의는 서로 다른 원리에 의해 작동되는 체계이지만 신자유주의의 일반화는 자본주의의 원리가 민주주의의 원리를 종속시키고 통제함으로써 민주주의 정치가 자본주의의 원리에 의해 작동하게 된다는 뜻이다.

이는 곧 민주주의와 자본주의의 결합이 약화되고 민주주의 없는 자본주의의 가능성을 예측하게 한다. 이 글에서는 근대 세계체계의 지배적인 정치형태였던 민주주의가 자본주의 경제와 분리되는 양상, 혹은 자본주의에 의한 민주주의의 식민화 양상을 분석하고자 한다. 그리고 그 원인을 자본주의 축적체제의 변동과 국민화된 사회국가의 해체라는 전 지구적 '체제전환'의 관점에서 파악해볼 것이다.

2. 포스트민주주의와 사회적 배제

콜린 크라우치는 자본주의에 의한 민주주의의 식민화 양상을 포스트민주주의라는 개념을 통해 매우 명확하게 보여준다.(크라우치, 2008) 포스트민주주의란 신자유주의 체제하에서 정치제도가 형식적으로 민주적 외관을 띠고 있다고 하여도 실질적으로 비민주적으로 작동하는 정치적 상황을 의미한다. 보편선거, 시민권의 법적 보장, 신분에 따른 특권의 불인정 등과 같은 민주주의의 제도적 형식은 유지하지만 그 형식의 작동원리는 반민주적인 것이 된 상황, 다시 말해 민주주의의 형식적 운영이 "특권적인 엘리트의 통제권으로 미끄러져 들어가는"(같은 책, 11) 상황이 포스트민주주의라는 것이다. 크라우치는 현재의 맥락에서 포스트민주주의를 무엇보다 사실상 기업권력이 국가권력에 침투하여 국가권력을 통할하는 원칙으로 작동하는 사태로 규정한다. 즉 "통치 및 규제와 관련된 지식은 오직 이윤을 추구하는 기업만 보유하고 있는 것으로 간주됐고, 이로 인해, 민간 기업이 이윤을 올리는 데 쓰는 지식을 정부의 활동에 차용"(같은 책, 70)하게 되었다는 것이다.

그 결과 시민에 의해 선출된, 인민을 대표하는 정부가 공적인 것(res publica)을 관리하는 것이 아니라 기업이 공적인 것의 운영을 위탁받아 경영하는 사태가 발생한다. 그 결과 공적인 것에 대한 시민의 보편적 접근권이 제한되고, 공적인 것이 곧 기업의 이윤창출의 수단이 된다. 이러한 사태는 시민들의 정치적 권리 제한만이 아니라 사회경제적 권리의 제한으로 이어진다. 시민의 권리 보장에 핵심이 되는 공공영역과 관련된 의사결정은 사실상 기업의 경영 엘리트들에 의해 이루어지는 것이다.

이제는 우리에게 일종의 상식처럼 된 푸코의 신자유주의 통치성 논의를 활용하여 포스트민주주의를 다시 규정하자면 포스트민주주의란 기업이 사회 일반의 행동(conduct) 모델로 자리 잡게 된 사태의 정치적 효과라고 할 수 있다.(푸코, 2012) 사토 요시유키는 이를 신자유주의 권력의 핵심적 성격이라고 파악하며 그 권력을 '환경 개입 권력'이라고 규정한다.(사토 요시유키, 2014: 73-74) 이런 의미에서 포스트민주주의란 신자유주의적 통치성, 다시 말해 '환경 개입 권력'이 일반화되면서 발생한 정치적 효과 가운데 하나라고 할 수 있다.

자본주의에 의한 민주주의의 식민화의 또 다른 양상은 국가권력의 운용에서 억압적 국가장치가 강화되는 것과 결부된다. 동시대 자본주의를 연구하는 일군의 비판적 학자들은 동시대의 경제 질서가 통상적으로 우리에게 익숙한 자본주의의 일반적 성격과는 상당히 달라져 있음을 지적한다. 가령 사스키아 사센은 작금의 경제적 질서를 요약적으로 '축출자본주의'라고 개념화한다.(사센, 2016) 사센이 말하는 축출이란 인구의 다수를 상대적으로 안정적인 경제활동이 가능한 영역 밖으로 몰아내는 과정이다. 구조화된 장기실업, 비정규직을 비롯한 불안노동의 증가, 국가재정지출의 과도한 축소, 심화된 조세불균등, 소득불평등 구조의 공고화, 주택과 토지 그리고 자원의 금융화 등을 통해서 이러한 축출이 이루어진다.

나아가 많은 이들이 "생계와 삶의 계획, 사회 구성원으로서 자리 그리고 민주주의의 핵심인 사회적 계약으로부터 퇴출되는 축출"(같은 책: 49)로 시민적 권리를 박탈당하며,

나아가 자본주의 개발논리에 의해 오염된 물과 땅으로 인해 많은 사람들이 생태계로부터 축출될 뿐만 아니라 자연 자체가 축출되고 있는 상황이라고 사센은 파악한다.

그렇다면, 이렇게 사회적 삶의 공간으로부터 축출된 자들의 사회적 위상이란 무엇일까? 지그문트 바우만은 그들의 위상을 '잉여', 보다 극적으로는 '쓰레기'라고 규정한다.(바우만, 2008) 더 이상 사회에서 긍정적 역할을 할 수 없으며, 자본의 확대재생산을 위해 별다른 쓸모가 없는 존재로 전락해 버린 자들이 바로 잉여이며 쓰레기란 말이다. 바우만이 말하는 쓰레기란 실업자들, 자기고용이라는 방식으로 생계를 겨우 유지하는 영세자영업자들, 혹은 사회로부터 격리되는 범법자들에게 부여되는 이름이다. 사회는 사실상 그들을 필요로 하지 않는다.[1]

그것이 축출자본주의이건 신자유주의이건 혹은 다른 이름으로 불리건 다수의 인구를 사회적 삶의 공간으로부터 배제하는 방식으로 작동하는 경제체제에서 '축출된 사람들', '인간 쓰레기들'은 더 이상 사회적 통합의 대상, 즉 헤게모니적 통치의 대상이 아니다. 환언하면, 그들은 동의를 끌어내야할 대상, 타협과 양보의 대상이 아니다. 이들은 헤게모니

---

1 "우리가 사는 세계 중 통상 '사회'라는 관념으로 파악되고 있는 부분에 '인간 쓰레기'(더 정확히 말하면 폐기된 인간)를 위해 남겨둔 자리가 따로 없다는 것이다."(같은 책, 33)

자체로부터 배제되어 있는 것이다.

이후에 그 구체적 메커니즘을 더욱 상세하게 논의하겠지만, 배제된 자들에 대한 억압적 통제는 자본주의에 의한 민주주의의 식민화를 가장 극명하게 보여주는 사태이다. 배제된 이들은 지배질서에 있어서 사회적 위험 요소이며 '위험한 계급'일 뿐이다. 이러한 위험요소, 위험한 계급을 통제하고 억압하는 것이 이제 지배방식의 핵심적 전략이 된다.[2]

자본주의에 의한 민주주의의 식민화는 신자유주의화 이후 피지배 대중의 다수를 축출하고 잉여화하며 배제하면서 그에 대한 저항이나 반항을 강력한 억압적 국가장치를 통해 통제하는 양상으로 나타나고 있다고 하겠다.

3. 자본주의의 길 없음(aporos)

요약하자면, 신자유주의 국면에서 자본주의에 의한 민주주의의 식민화는 기업 모델에 입각한 통치라는 측면과 자본주의적 사회질서로부터 불필요한 인구의 축출과 억압이라는 양상으로 이루어진다. 그런데 왜 신자유주의 단계에 이른 자

---

2 신자유주의라고 불리는 경제질서하에서 통치권력이 작동하는 방식에 일대 전환이 생긴다. "공동체 전체를 포괄하는 '사회 국가' 모델로부터 배제적인 '형사 사법', '형벌' 또는 '범죄 통제'국가로의 전환"(같은 책, 127)이 이루어지는 것이다.

본주의는 민주주의를 식민화하는 것일까? 이 쟁점을 토론하기 위해서는 신자유주의를 어떻게 규정할 것인가라는 문제를 먼저 다룰 필요가 있다. 나는 신자유주의를 시장의 자유를 중심으로 형성된 일련의 정책 패키지나 통치성으로 이해하기보다는 일종의 '축적체제'로 파악하고자 한다.[3] 축적체제로서 신자유주의는 당연히 케인주의적 축적체제의 위기에 대한 자본과 국가의 대응으로 형성된 것이다. 그러나 신자유주의가 대응하고자 하는 위기가 케인즈주의라는 특정한 축적체제의 위기, 즉 자본주의 역사의 특정한 시기에 발생한 국면적 위기에 대한 대응책에 불과한 것일까? 다시 말해 신자유주의 축적체제의 성립으로 자본의 운동은 다시 안정화된 것일까?

그렇게 보기는 어려울 것 같다. 신자유주의적 축적체제는 케인즈주의라는 낡은 축적체제를 대체한 또 다른 안정적 축적체제라기보다는 오히려 자본주의 체계의 구조적 위기가 표현된 축적체제라고 봐야 할 듯하다. 보다 정확히 말하자면 신자유주의는 자본주의 체계의 구조적 위기로 인해 발생한 구조적 성격의 변동과정에서 나타난 축적체제라는 것이다. 이는 무슨 의미일까?

자본주의가 지속된다는 것은 자본의 끝없는 축적이 지

3 이에 대해서 하비(2005)를 참조하라.

속가능하다는 것을 의미한다. 자본 축적의 가장 기본적인 방식은 생산비용을 줄이고 판매한 수익을 늘리는 것이다. 이는 판매가를 최대화하고 생산비용을 최소화는 방식으로 이루어진다. 생산비용과 판매수익의 차액이 자본에 투입되어 자본이 축적되는 것이다. 자본주의의 구조적 위기란 생산비용의 상승을 막을 수 없게 되어 자본의 축적이 더 이상 불가능해지지만 기존의 구조 내에서는 자본을 축적할 수 있는 여타의 방법이 없는 상황을 의미한다.

이매뉴얼 월러스틴에 따르면 1970년을 기점으로 자본주의 세계경제에는 구조적 차원에서 인건비, 투입비용, 세금과 같은 기본적 생산비용을 줄일 수 있는 가능성이 더 이상 남아 있지 않게 되었다.(월러스틴, 2014)[4] 이는 자본의 끝없는 축적이 구조적으로 위기에 처했음을 뜻하는 것이다. 월러스틴은 그러한 구조적 위기의 의미를 다음과 같이 규정한다.

> 지금까지의 논의를 요약하자면, 세 가지 기본적인 생산비용들이 줄곧 증가해왔고, 그 체제가 지난 500년 동안 이용해온 다양한 메커니즘을 통해서 평형상태로 되돌아갈 수 없을 정도로 이제 그것들이 제각기 점근선에 매우 근접했다는

---

4 더욱이 생태위기라는 관점에서도 자본주의는 더 이상 생산비용을 낮추기 어렵게 되었다. 이에 대해서는 월러스틴(2001)을 참조하라.

것이다. 생산자들이 자본의 끝없는 축적을 이루어낼 가능성들은 이제 닫히고 있는 것으로 보인다.(같은 글: 52)

월러스틴에 의하면 신자유주의란 구조적 위기에 직면한 자본이 그러한 위기 속에서도 잉여가치를 전유하기 위해 선택한 자본주의의 자기변모였다. 하지만 이러한 변모는 새로운 잉여가치의 생산에 바탕을 둔 자본의 축적이라기보다는 생산된 잉여가치의 전유를 통한 축적에 머문다는 한계를 갖는다. 다시 말해, 신자유주의로의 전환이란 자본축적의 지속성을 보장하는 새로운 축적체제의 구축이 아니라 축적 자체의 가능성이 더 이상 남아 있지 않게 된 상황에서 자본이 경제적 이익을 유지하기 위한 방식들의 창출이라는 것이다. 그래서 월러스틴은 끝없는 자본의 축적을 가능하게 하는 구조적 질서로서 자본주의 세계체계가 끝나가고 있다고 진단한다.[5]

자본주의의 종언 가능성은 자본의 축적 논리 그 자체, 즉 무제한적 팽창의 운동이 자기의 파괴로 귀결될 가능성으

5 물론 단지 생산비용의 감소를 위한 조건들이 소진되었다는 것만이 500년 자본주의 세계체계가 종언을 고해가는 유일한 이유는 아니다. 월러스틴에 의하면 미국 헤게모니를 대체할 세계 헤게모니가 존재하지 않는 점, 국가중심의 발전전략이라는 근대적 이데올로기의 소진 등이 또 다른 이유이다.

로부터 논의되기도 한다. 월러스틴의 입장이 여전히 잉여가치의 생산과 착취를 통한 자본의 축적이라는 마르크스주의적 관점에 입각해 있는 것이라면, 슈트렉은 폴라니적 관점에서 자본의주의의 지속가능성에 대한 의문을 제기하고 있다. 즉 자본주의는 원래 상품이 아닌 노동력, 토지(더 넓게는 자연), 화폐를 상품화함으로써, 즉 허구적 상품으로 만듦으로써 그 팽창을 진행하는 체계라고 할 수 있다.(폴라니, 2009) 슈트렉은 이 세 가지 허구적 상품의 영역에서 시장 팽창의 가능성이 폐쇄되고 있음을 주장한다.(슈트렉, 2015)

화폐의 과도한 상품화는 금융시장의 비대화와 복잡성의 증대를 불러왔고 이는 2008년 금융위기 등이 보여주는 것처럼 시장의 불안정성을 극도로 심화시켰을 뿐만 아니라 사회경제적 불평등의 격화를 야기했다. 자연의 상품화도 이제 그 한계에 도달한 것으로 보이는데 대규모 생산을 위한 에너지의 대량 사용은 자본주의적 생산의 전제 조건뿐만이 아니라 인간 생물학적 삶의 전제 조건마저 파괴하게 될 상황에 이르게 되었다. 마지막으로 노동력의 상품화 역시 그 임계점에 도달하게 되었다. 발전된 국가들에서는 실업이 구조적으로 증대하고 저발전된 국가들에서는 '스웨트샵(sweatshop)'[6]

6 이 용어는 처음에는 패션업계에서 스웨터를 생산하여 선진국에 납품하는 제3세계 노동자들의 상황을 의미하는 말로 쓰였으나 여타 산업에서도 저임금, 장시간, 고강도 노동을 통해 이윤을 창출하는 산업을 일컫는

들이 늘어가고 있는데 이는 강력한 사회적 불만의 근원이 되고 있다. 이에 더하여 노동력의 전 지구적 이동성 증가로 인해 발전된 국가들에서는 인종, 종족 갈등이 심화되면서 사회적 불안이 심화되고 있다는 것이다.

더욱이 역사적 사회주의의 몰락으로 인해 자본주의의 대항세력이 사라지면서 이윤추구를 위한 상품화의 팽창은 통제되지 않았고 이는 구조화된 장기 불황, 사회경제적 불평등을 심화시키는 과두제적 재분배, 공공영역의 약탈, 기업과 정치권력의 심각한 부패, 그리고 경제적, 군사적 국제 분쟁을 관리할 수 있는 세계 헤게모니의 부재 등과 같은 체계의 무질서를 불러왔다. 이러한 상황의 의미를 슈트렉은 다음과 같이 요약한다.

> 요컨대 무한한 집단적 발전의 약속을 통해 유지되었던 사회질서인 자본주의는 위기에 처해 있다. 성장 대신 장기적 침체가 지속되고 있으며, 남아 있는 경제적 진보도 점점 더 소수에게만 돌아간다……. 상품화의 세 전선—노동, 자연, 돈—에서 자본주의 자체를 위한 발전을 억제하던 규제들이 무너졌고, 자본주의가 그 적을 이기고 최종적 승리를 거둔 후에 저항을 재구성할 능력이 있는 정치적 주체는 보이지 않

용어가 되었다.

> 는다. 자본주의 체제는 현재 적어도 다섯 가지 무질서—성장 둔화, 과두제, 공공 영역 고갈, 부패와 국제적 무정부 상태—로 고통 받고 있는데, 그 해결책은 찾을 수 없다.(같은 글: 62)

다시 말해 "오늘날 자본주의가 그 대항세력이 파괴된 결과, 즉 과도한 자기동일성 때문에 이미 사망단계에 들어섰다"(같은 글: 51)는 것이다.

나로서는 이들의 주장대로 자본주의가 종언을 고하고 있다고 확실하게 말하기는 어렵다. 하지만 분명한 것은 현재 자본주의는 그 구조적 성격에서 이전의 자본주의와 달라지고 있다는 점이다. 그 핵심은 자본주의가 더 이상 팽창하기보다는 축소하고 있다는 점에 있다. 즉 신자유주의 축적체제는 팽창에 바탕을 둔 자본의 축적체제가 아니라 일정한 범위까지 수축하는 것에 바탕을 둔 축적체제라는 것이다.

다시 사센으로 돌아가 보자. 그에 의하면 현재 자본주의의 중요한 특징 가운데 하나는 자본주의 경제공간의 확장이 아니라 축소이다. 소득불평등 지표, 저상장률, 실업률, 개인 파산율 등과 같은 경제적 지표들은 "경제적 공간의 축소와 그 결과"(사센, 2016: 56)이다. 개별 자본의 크기가 더욱 커지고 기업이 더 많은 흑자를 낸다고 하더라도 그러한 경제적 공간 안에 포함되는 인구의 수는 더욱 줄어든다는 것이다.

이는 성장이 이루어지는 공간과 그렇지 않은 공간으로 경제 공간이 분할된다는 의미이다.

자본주의가 안정적 삶을 보장하는 경제공간이 축소되면서 이전에 체제로 통합되던 대중들은 체제의 변방으로 주변화되거나 경계 밖으로 배제되고 있다. 이는 세계체계의 중심부 국가인 서구에서도 일어난다. 서구의 게토가 바로 추방된 사람들의 공간이다.(사카이, 2007) 소위 발전된 나라들 내부에서도 대중들에 대한 배제가 이루어지고 있다는 것이다.

그런데 현재의 경제 질서가 다수의 인구를 배제하는 방식으로 작동하는 양상은 단지 일국적 수준에 국한된 것이 아니다. 신자유주의화 이후 국제적 자본 투자의 경우, FDI(외국인직접투자)의 양상이 이를 잘 보여주는데, 주로 중심부 국가들 사이에서 자본이 이동하며 일부만이 발전도상국에 투자되고 있는 실정이다. 특히 1990년대 중반 이후에는 발전도상국에 투자되는 자본도 주로 중국으로 집중된다.(백승욱, 2006: 398-399)[7] 폴 베로크는 이러한 상황을 "서

---

7 카스텔에 의하면 케인즈주의의 축적체제가 붕괴되던 시기부터 신자유주의적 축적방식이 본격화된 시기인 1970년대에서 2000년대에 이르는 기간 동안 전 지구적으로 빈곤층과 부유층의 소득격차는 시간이 경과할수록 심화되었다. 즉 "세계인구 중 극빈층 20%는 지난 30년간 세계 총 GDP 중 그들의 몫이 2.3%에서 1.3%로 줄어들었다. 한편 같은 기간 극부층 20%의 GDP 몫은 70%에서 85%로 증가했다. 세계 극부층 20%의 극빈층 20%에 대한 소득 비율이 1960 년의 30대 1에서 1997년 74

구 사회는 제3세계를 필요로 하지 않는다"고 규정한다.(코헨, 2007: 8에서 재인용)

그렇다면, 우리 시대에는 자본주의적 경제의 공간이 세계적 수준과 일국적 수준에서 동시적으로 축소되고 있다는 테제를 제출할 수 있을 것이다. 이러한 테제가 의미하는 바는 무엇인가? 그것은 자본주의에 대한 우리의 일반적 상식, 즉 자본이 축적될수록 자본은 더 많은 인구를 축적의 동력으로 끌어들이고 자본주의적 경제공간은 부단히 팽창한다는 통념이 수정되어야 함을 요구하고 있지 않은가? 이제는 자본이 경제공간의 팽창이나 새로운 인구의 포섭을 통하여 자본을 축적하는 것이 아니라 오히려 경제공간의 축소와 대량의 인구를 배제하는 방식으로도 수익을 내고 있음을 의미한다는 것이다.

그렇다면, 우리는 신자유주의를 다음과 같은 방식으로 규정할 수도 있을 듯하다. 신자유주의란 경제 공간의 확장에 의해서 자본을 축적하는 것이 아니라 오히려 경제 공간의 축소를 통해 자본의 이익을 창출하는 경제 질서, 인구의 포섭이 아니라 인구의 배제를 통해 작동하는 축적체제라고 말이다. 다시 말해, 팽창과 포섭이라는 자본주의를 규정하는 매우 중요한 차원이 현재 축적체제에서는 더 이상 유의미

대 1로 벌어졌다."(카스텔, 2003: 104)

하지 않다는 것이다. 그렇다면 이렇게 말할 수 있지 않을까? 신자유주의는 성장의 길, 즉 자본축적의 길(poros)이 없는(a) 상황에서 자본이 부를 전유하는 방식이기도 하다. 이것이 바로 자본주의의 구조적 성격 변환이다.

4. 민주주의와 자본주의의 연결고리

사실 자본주의와 민주주의의 관계는 필연적이지 않다. 하지만 자본주의의 역사적 현실 속에서 자본주의는 항상 세계적 수준에서 작동하는 체계로서 존재해왔으며 이는 중심부와 주변부라는 위계적 구조로 이루어져 있음을 생각해 볼 때, 자본주의와 민주주의의 연결은 중심부 국가들에서 일반적으로 나타나는 현상이라고 할 수 있다. 그러므로 자본주의 세계체계에서 중심부 국가들이 주도적인 위치를 차지하고 있기에 자본주의와 민주주의의 연결은 자본주의 세계체계에서 지배적 현상이었다고 할 수 있다.

그렇다면, 중심부 국가들에서 자본주의와 민주주의의 연결을 이루었던 고리는 무엇이었을까? 이 질문에 답하기 위해서는 이번에는 현재 자본주의의 상황이 갖는 '정치적 의미'를 생각해볼 필요가 있다. 다시 한 번 말하지만, 현재 자본주의는 확대재생산의 길, 성장의 길, 자본축적을 위한 기존의 길들은 막혀 있고 새로운 길은 나타나지 않는 상황에 처해 있다. 이는 자본주의의 헤게모니적 통치역량, 즉 자본주의 체계를 살아가는 주민들 다수를 통합, 포함하여 활용하고 부양할 수 있는 능력이 소진되었음을 의미한다. 정치적 차원에서 보자면 이는 1848년 서구 자본주의 체계를 뒤흔든 혁명 이후 등장한 계급타협 모델로서 연대성에 기반한 국가 질서의 종언을 뜻하는 것이기도 하다.

1789년 프랑스혁명은 민주주의의 핵심 원리인 인민주권을 국가의 구성과 운영의 원리로 삼았으나 혁명 이후 프랑스 공화국은 곧바로 부유한 인민과 빈곤한 인민으로 주권자 인민의 분할이라는 난제에 직면한다. 그러한 분할은 1848년 이후 1871년 파리코뮌까지 노동자의 봉기를 중심으로 한 계급투쟁으로 나타난다. 동즐로에 의하면 뒤르켐의 연대이론은 프랑스 공화국의 계급적 분열에 대한 응답이었다. 뒤르켐의 논의는 이후 지속적으로 발전하게 되었고 프랑스 제3 공화국의 통치원리가 된다. 사회보험, 주거개선, 국민보건 등과 같은 사회정책을 통해 프랑스 인민의 경제적 권리를 보장하는 시스템이 연대성의 원리에 따라 만들어진 것이다. 이렇게 '사회적인 것'이 탄생했다.(동즐로, 2005)

일반적으로 이러한 국가를 사회국가라고 학자들은 정의한다. 그런데 발리바르는 연대성에 기초한 사회국가란 단지 사회적인 것을 중심으로 형성된 국가가 아니라, 정확히는 '사회적인 것이 국민화된 형태의 국가'를 의미한다고 파악한다. 그는 이렇게 국민인 한에서 정치적 권리와 더불어 사회적 권리(혹은 경제적 권리)를 일정하게 보장받게 되는 국가형태를 '국민사회국가(État national-social)'라고 개념화한다.

> 이 개념은 사회정책이 정착되고 국민적 틀 속에서 말하자면 녹아들었으며, 그리하여 국민에 소속되는 것이 사회적 권리의 향유를 위한 본질적 조건이 되었다는 사실, 그리고 역으로 이런 사회적 권리들에 대한 인정(이런 인정의 원리는 이제 헌법 속에 명문화되어 있다)은, 그런 인정이 힘을 중심으로 하고 국민주권(인민주권)을 긍정하는 정치 속에 구현되었기 때문에 가능할 수 있었다는 사실을 가리키는 표현이다.(발리바르, 2011: 136)

나는 자본주의가 민주주의와 함께 작동할 수 있게 되는 역사적인 연결고리가 바로 사회국가, 보다 구체적으로 말하자면 국민사회국가였다고 생각한다. 서양의 고대로부터 민주주의는 통치자와 피통치자가 일치하는 정체를 의미하였고 이는 근대에 이르러 인민주권이라는 개념으로 정식화되었다. 하지만 일찍이 마르크스가 보여주었고, 동즐로의 논의를 통해서 확인했듯이 계급으로 분할된 사회, 계급투쟁이 격렬한 사회에서 인민주권은 근본적으로 불가능한 것이었다.

국민사회국가는 계급 분할에도 불구하고 인민주권의 원

리, 즉 민주주의를 자본주의와 연결시키는 것을 일정하게 가능하게 만드는 국가형태였다. 즉 국민사회국가를 통하여 국민으로 포함된 이들은 정치에 대한 보편적 권리와 경제적 생활에 대한 기본적 권리를 국민적 경계 내에서 일정하게 보장받게 되는 것이다. 여기서 인민주권은 정치적으로는 보편선거로 제도화되고 경제적으로는 사회보장으로 제도화됨과 더불어 사회경제적 지위 상승 가능성으로 표현되었다. 계급 간의 불평등에도 불구하고 분할된 계급들은 인민주권의 현실성에 합의하게 되었다. 정치적이건 사회경제적이건 인민주권이 개별화된 권리인 시민권은 어디까지나 국민적 시민권, 보다 정확히 말하자면 오로지 국민일 때에만 보장될 수 있는 시민권, 즉 국민화된 시민권이었다.

5. 끊어진 연결고리, 자본주의와 민주주의 탈접합

그런데 국민사회국가는 국가적 수준의 자본주의 경제가 지속적으로 성장한다는 것, 즉 자본축적이 지속적으로 이루어진다는 것을 전제할 때만 기능할 수 있는 자본주의와 민주주의의 결합 장치였다. 하지만 1970년대 발생한 자본축적의 위기 이래로 자본주의는 팽창보다는 축소를, 포섭보다는 배제를 통해 경제적 이익을 전유하는 방식으로 전환되었다. 이는 국민사회국가의 위기, 곧 자본주의와 민주주의의 결합을 가능하게 했던 장치의 가능조건이 위기에 처했음을 의미한다.

국민사회국가의 위기는 "현재 자본 자신의 발전을 '가로막는' 어떤 무능력을, 즉 [구조적] 착취를 [조직하지] 못하는 자본의 무능력… 말하자면 진정으로 세계화된 축적 과정의 재정적, 안보적, 이데올로기적, 그리고 최종분석에서, 정치적 비용의 문제에 대한 자본의 어떤 무능력"(발리바르, 2007: 59)과 연결되어 있다. 자본의 이와 같은 무능력은 결국 더 이상 자본주의 질서 속에서 살아가는 주민들을 포섭할 수 없는 무능력이며, 국민이라는 틀 속에서 일정하게 보장했던 시민적 권리, 특히 사회경제적 권리를 더 이상 포괄적으로 유지할 수 없는 무능력이라 할 수 있다.

> 현재의 국민사회국가는, 계급투쟁 및 좀 더 일반적으로는 사회운동을 통해 점진적으로 사회권 및 사회적 시민권의 연관망 속에 포함되어 왔던 사람들 전체나 그 일부를 [사회적 연관망에 대한] 소속을 박탈함으로써 배제한다(이는 내적인 배제 형식을 재창출하는데, 이번에는 제한된 영토를 차지하는 한 정치체의 틀 속에서가 아니라 거의 전 세계적인, 따라서 외부가 없고, 탈출의 가능성도 없는 경쟁의 틀 속에서 그렇게 한다).(발리바르, 2010: 147)

신자유주의 체제에 의해 변형된 '현재의' 국민사회국가는 더 이상 탈주가 불가능한 전 지구적 경쟁의 틀 내에서 시민권이 보장되는 사람들과 그 권리를 박탈당하고 배제되는 자들을 일국적 수준에서 선별하고 있는 것이다.

그 귀결 중 하나가 일국적 수준과 세계적 수준에서의 배제와 배제된 자들에 대한, 그리고 배제된 자들 서로 간의 폭력이다. 자본주의적 포섭의 공간으로부터 배제는 노마드의 탈주와 같은 것이 아니다. 여전히 화폐를 통해서만 생존과 생활을 위한 수단을 상품 형식으로만 구매할 수 있는 사회에서 배제는 화폐 소득의 심각한 불안정화를 초래한다. 다수의 배제된 인구가 산출된다는 것, 즉 자본주의 질서 내에서 경제적 권리들이 제한되거나 박탈되고 사회경제적 지위 이동의 가능성이 지극히 축소되고 있음을 의미한다.

앞에서 이미 지적한 바와 같이 이러한 체제를 살아가는 다수 주민들은 당연히 불안과 분노를 느끼며 살아갈 수밖에 없다. 배제된 자들의 좌절과 분노가 쌓여가며, 아직 체제에 불안정하게나마 포섭되어 있는 자들은 언제 배제될지 모른다는 불안에 시달린다. 신자유주의 국가가 '치안 국가(security state)'의 성격을 강화하는 것은 바로 이러한 분노와 불안과 연결된다. 일차적으로는 배제된 자들의 좌절과 분노가 체제를 위협하는 반란적 행동으로 전환되지 못하도록 통제하고 억압하는 것이 필요하다. 동시에 체제 내에 아직 포섭된 자들이 배제에 저항하지 못하도록 억압하는 것이 역시 권력의 중요한 관심사가 된다.

그러나 통치가 이러한 억압적 국가장치에 의한 노골적 폭력으로만 이루어질 수는 없다. 발리바르가 스피노자를 경유하여 밝히는 바와 같이 대중들을 억압하는 것에는 정말 물리적 한계가 있는 것이다.(발리바르, 2005; 스피노자, 2017) 국가의 억압적 권력 행사를 대중들이 정당한 것으로 받아들이게 하는 이데올로기적 과정 역시 필요하다. 국가권력에 대한 대중들의 상상과 믿음에 대해 권력은 개입해야 한다. 그 이데올로기적 과정이란 불안을 느끼는 주민들이 그 불안의 원인을 체제의 구조적 성격이 아니라 직접적으로 표상 가능한 타자라고 상상하게 하는 것이다.

이러한 국가권력의 정당화 기제의 핵심에 '안전담론'이 놓여 있다. 삶의 안정성 확보가 온전히 개인의 몫이 되어버린 오늘날 "국가 권위를 대안적인 방식으로 정당화하고 순종적인 시민에게 제공되는 혜택을 정치적으로 표현하는 방식이, 현재 **개인의 안전**을 위협하는 위험으로부터 시민을 보호하겠다는 국가적 약속의 형태로 모색되는 것"(바우만, 2010: 29)이다.

이러한 방식으로 국가권력의 억압적 사용을 정당화하는 국가를 바우만은 '개인 안전 국가(personal safety state)'라고 규정한다. 개인 안전 국가에서는 개인의 안전을 위협하는 요소들로 범죄자와 테러리스트로부터 이주민과 난민 그리고 실업자와 빈민에 이르기까지 사회적 자원을 박탈당한 자들이 지목되며 그 국가는 이들이 주민들의 개인적 안전에 치명적인 위해를 가할 수 있다며 불안과 공포를 조장한다. 타자들과 가난한 자들은 단지 낯선 자들일 뿐만이 아니라 위험한 자들이며 두려운 자들이 되는 것이다. 국가는 이들이 가하는 위협으로부터 개인의 안전을 보호하기 위해 시민적 권리와 인권을 유보하거나 중지하려 하며 공포에 빠진 대중들은 이를 정당한 것으로 받아들이게 된다.

발리바르 역시 이와 비슷한 문제의식을 가지고 현재 국민사회국가의 치안적 성격이 강화되는 양상, 즉 '안전(sécurité/치안-인용자) 중심적 면모'(발리바르, 2011: 144)가 강화되는 양상을 다음과 같이 분석한다.

> 여기에서 우리는 다시 파시즘에 접근해 가고 있다. 자신들이 무기력하다고 느끼면서도 동시에 국가의 무기력을 두려워하는 시민들은 국가에 대해 그들이 항상 "좋은 쪽"에 있고, 희생자, 전형적인 불쌍한 사람들—나는 "열등 인간"이라는 말까지 쓰려고 했었다—은 자신들이 아니라 다른 이들이라는 점이 확실히 보장될 수 있도록 가시적인 안전(sécurité/치안-인용자) 중심적 조치들을 취하고 아파르트헤이트와 같은 것—이것이 어떤 형태 아래 어떤 이름(국민 우선은 그런

이름들 중 하나이다)을 달고 나타나든 간에—제도화할 것을 요구한다.(같은 책, 146)

자본주의의 구조적 변환, 즉 총자본의 확대재생산을 지향하지 않는 자본주의 축적체제의 등장과 이로 인한 국민사회국가의 위기 또는 변모는 중심부 국가들의 치안국가화로 이어졌고, 자본주의에 의한 민주주의의 식민화는 바로 그 결과이다. 이렇게 민주주의와 자본주의의 접합이 해소되어 가고 있는 것이다.

참고문헌

김세균. 2007.「신자유주의 경찰국가와 한국 민주주의」.『마르크스주의 연구』 제2권 4호.
동즐로, 자크. 2005.『사회보장의 발명』. 주형일 옮김. 동문선.
마르크스, 칼. 1991.「루이 보나빠르드의 브뤼메르 18일」.『칼 맑스 프리드리히 엥겔스 저작선집 2권』. 최인호 외 옮김. 박종철출판사.
바우만, 지그문트. 2008.『쓰레기가 되는 삶들』. 정일준 옮김. 새물결.
__________. 2010.『모두스 비벤디』. 한상석 옮김. 후마니타스.
바캉, 로익. 2010.『가난을 엄벌하다』. 류재화 옮김. 시사IN북스.
발리바르, 에티엔. 2005.『스피노자와 정치』. 진태원 옮김. 이제이북스.
__________. 2007.『대중들의 공포』. 최원 옮김. 도서출판b.
__________. 2010.『우리, 유럽의 시민들?』. 진태원 옮김. 후마니타스.
__________. 2011.『정치체에 대한 권리』. 진태원 옮김. 후마니타스.
백승욱. 2006.『자본주의 역사강의』, 그린비.
사센, 사스키아. 2016.『축출 자본주의』. 박슬라 옮김. 글항아리.

사카이 다카시. 2007. 『폭력의 철학』. 김은주 옮김. 산눈.
스피노자, B. 2017. 『신학-정치론』. 강영계 옮김. 서광사.
슈트렉, 볼프강. 2015. 「자본주의는 어떻게 종언에 이를까」. 『뉴레프트리뷰6호』. 길.
월러스틴, 이매뉴얼. 2001. 「생태론과 자본주의생산비용」. 『우리가 아는 세계의 종언』. 백승욱 옮김창작과비평사.
요시유키, 사토. 2014. 『신자유주의와 권력』. 김상운 옮김. 후마니타스.
________________. 2014. 「구조적 위기, 또는 자본주의가 자본가들에게 더 이상 득이 되지 않는 이유」. 『자본주의의 미래는 있는가?』. 성백용 옮김. 창비.
월린, 쉘던. 2013. 『이것을 민주주의라고 말할 수 있을까?』. 우석영 옮김. 후마니타스.
이계수, 오병두. 2008. 「친기업적 경찰국가와 민주법학: 비판과 대응. 『민주법학』 제38호.
정정훈. 2007. 「87년체제와 새로운 권력의 테크놀로지: 시민사회와 사법-기계」. 『부커진R 1호-소수성의 정치학』. 그린비.
폴라니, 칼. 2009. 『거대한 전환』. 홍기빈 옮김. 길.
푸코, 미셸. 2012. 『생명관리정치의 탄생』. 오트르망 옮김. 난장.
카스텔, 마뉴엘. 2003. 『밀레니엄의 종언』. 박행웅, 이종삼 옮김. 한울.
코헨, 다니엘. 2007. 『세계화와 그 적들』. 이광호 옮김. 울력.
크라우치, 콜린. 2008. 『포스트 민주주의』. 이한 옮김. 미지북스.
하비, 데이비드. 1994. 『포스트모더니티의 조건』. 구동회, 박영민 옮김. 한울.
____________. 2005. 『신제국주의』. 최병두 옮김. 한울.

정정훈

서교인문사회연구실 연구원이며 〈문화과학〉 편집위원으로 활동하고 있다. 마르크스주의와 인권의 정치 사이에서 정치철학, 인권운동, 문화정치 등을 연구하고 있다. 변혁현장의 실천과 아카데미의 숙고가 접맥되는 지점에서 책을 읽고 글을 쓰고자 한다.

leftity@nate.com

∮ 소설

저 사람은 무슨 말을 하고 싶을까?

박영해

"니가 내카므 낫다, 훠얼씬 낫다!"

그는 내 품에 안긴 '선'에게서 눈을 떼지 않고 지나가며 주억거렸다. 나는 벤치에 앉은 채 그의 뒷모습을 바라보았다. 토요일 오후가 아니라도 온천천에서 더러 지나치던 노인이었다. 빳빳한 흰 머리를 짧게 깎은 그는 온천천 다리 아래서 벌어지는 바둑판에 끼지 않고 볼 때마다 혼자 걸었다. 나는 혼잣속으로 그를 '흰머리'라 불렀다. 키가 크고 말라선지 약간 흔들대며 걷는 흰머리를 향해 선이 왈왈거렸다. 그만해! 나는 선의 주둥이 앞에 손바닥을 대며 낮게 말했다. 그리고 흰머리가 제 속마음을 종이에 써서 들고 선 모습을 눈앞에 그려보았다. '나는 무척 외로워!'일 것 같았다.

나는 요즘, 지나가는 사람들이 제가 하고 싶은 말을 종이에 써서 들고 있는 것을 상상해보는 놀이에 빠져 있었다.

때로는 종이 대신 그가 쓴 마스크 위에 할 말을 써넣는 것으로 대치해보곤 했다. 그러면 그게 방금 입에서 툭 튀어나온 말 같아 더 생생하게 느껴졌다. 그러나 가면을 쓴 듯 딱딱한 이마와 냉랭한 눈만 드러난 얼굴이나, 마스크를 쓰고 모자까지 내려 쓴 이들은 무슨 말을 하고 싶은지 짐작하기 힘들었다. 잔디밭에 내려앉아 풀씨를 쪼는 비둘기에게도, 갈대밭에서 푸르르 날아오르는 왜가리에게도 눈을 주지 않고 앞만 보고 걷는 사람도 그랬다. 그래도 낯모르는 사람들의 얼굴과 몸짓에 떠도는 말들을 짐작해보려고 나는 그들 속에 섞여 걸었다.

'저 사람은 무슨 말을 하고 싶을까?' 하는 놀이는 언제라도 나 혼자 할 수 있어 편리했다. 맞다 틀렸다 할 사람도 없으니 상상의 나래를 펼 수 있어 시간 가는 줄도 몰랐다. 그리고 그가 왜 그렇게 말할 거라고 여겼는지 궁리하는 동안에는 그와 함께 영혼의 춤을 추는 듯한 기분마저 들었다. 이 놀이는 혜지네 서재에서 화집을 들치다가 질리언 웨어링의 작품을 보고 생각해낸 것이었다. 나는 여고를 중퇴했지만, 중학교 때는 해마다 교내 사생대회에 입상해서 미술 선생님께 칭찬을 받곤 했다. 어쩌면 그래서, 그날은 시집 대신 이해하기 힘들다는 현대미술에 관한 책을 덜렁 빼 들었는지도 몰랐다. 어렵네 어쩌네 하지만 그것도 결국 인간이 인간을 염두에 두고 하는 작업이 아닐까 싶었다.

질리언 웨어링은 다른 사람의 내면에 깊은 관심을 가지고 그들에 대해 많은 것을 알아내고 싶어 했다. 그녀는 런던 거리에서 사람들에게 백지를 나눠주고, 남에게 듣고 싶은 말이 아니라 내가 하고 싶은 말을 써달라고 부탁했다. 의외로 많은 사람이 그에 응했다. 그녀는 그들이 그 종이를 들고 선 모습을 카메라로 찍어 전시했다.

〈나는 절박하다〉라는 작품은 양복을 단정하게 입은 젊은 남자가 하고 싶은 말을 종이에 써서 들고 있는 사진이었다. 그가 표출한 말과 반듯한 외양은 묘한 대조를 이루어, 누구라도 그 둘 사이의 거리에 대해 생각해보지 않을 수 없을 것 같았다. 제 마음을 숨기지 않고 드러낸 그는 용기 있는 사람이거나, 그렇게라도 토해내지 않으면 안 될 만한 절절한 사연이 있을 듯했다. 누구에게라도 애틋한 그 무엇, 이 너른 세상에서 오직 나만 아는 무언가가 있지 않을까. 자신을 드러내기 싫어 그냥 지나간 사람도, 한적한 곳에서는 하고 싶은 말을 쓴 종이를 들고 선 제 모습을 들여다보게 되지 않을까 싶었다. 만약 그에게 눈만 뚫린 가면이라도 씌워준다면, 아무에게도 할 수 없었던 희한한 이야기를 털어놓을 듯했다. 그리고 가면 위로 드러난 맨눈을 통해 자신의 진정성을 인정받고 싶어 할 것 같았다.

바람이 불었다. 내 눈에는 하오 4시의 햇살에 비친 단풍잎이 벚꽃보다 풍요로워 보였다. 봄부터 내리쬔 햇살과 비

바람과 강물 소리를 품은 나뭇잎들이. '나비야 나비야 이리 날아오너라.' 계단 옆 벤치에 앉은 노인이 칼림바를 연주하자 검붉은 단풍잎이 날아들었다. 나는 강둑으로 올라갔다. 굵은 옹이가 툭툭 불거진 벚나무 둥치를 보자 이 동네에 오래 살았구나 싶었다. 남자 노인들은 조망 데크에 놓인 벤치를 각기 하나씩 차지한 채 웅크리고 있었다. 저물어가는 것들 속에서 그들은 흡사 작은 봉분 같았다. 초겨울 들자 걷는 사람이 표나게 줄어들었다. 그래도 혜지를 돌보고 집에 오면 비가 와도 걸었다. 나는 선과 함께 널빤지가 깔린 둑길을 걸어 집으로 갔다. 유모차에 실린 개들이 잇달아 지나갔다. '니 팔자가 상팔자네, 세상 마이 좋아졌다!' 흰머리가 개네를 보면 그렇게 말할 것 같았다.

세상 많이 좋아졌다고? 아주 틀린 말은 아니었다. 36년 전 이 동네에 처음 집을 사서 이사 왔을 때, 강물은 검게 부글대며 악취를 내뿜었다. 천변에는 쓰레기가 쌓여 가까이 갈 수도 없었다. 비가 많이 오면 강둑 위로 오수가 흘러넘쳤고, 물이 빠지면 풀더미에 걸린 비닐봉지들이 악의 꽃이 핀 듯 너불거렸다. 윗동네 모직공장에서는 꼭 토요일 새벽 1시에 자투리 천을 태워서 머리카락 타는 냄새가 동네를 휘돌았다. 잠결에 옥상에 올라가 보면 공장 굴뚝에서 검은 연기가 피어올랐다. 그럴 때면 영화에서 보았던 아우슈비츠의 굴뚝이 떠올라 팔뚝에 소름이 돋았다. 환경청에 민원을 넣으면 공장에 주의를 주겠다는 회신이 왔다. 그러나 시커먼 연기는 IMF 유탄을 맞은 회사가 공중분해 될 때까지 피어올랐다.

동네 형편이 그래서 적은 돈으로 너른 집을 살 수 있었으나 냄새는 흉측했다. 그래도 곧 지하철이 들어설 거라는 확실한 정보를 듣고 왔기에, 집값이 뛰면 깨끗한 동네로 이사 갈 예정이었다. 그래서 냄새 따위에 둔감한 척 눌러살았다. 그 무렵 남편은 가끔 사용하지 않는 빈방의 문을 열고 들여다보다가 문을 쾅 닫곤 했다. 나는 왜 그러냐고 묻기가 두려워 모른 척했다. 그 뒤 연산동과 안락동을 잇는 다리가 놓이면서 온천천 주변이 정비되고, 강에는 낙동강 물이 유입되어 고기들이 뛰놀 만큼 맑아졌다. 그러나 지하철 공사는 우리가 알고 있던 것보다 착공이 늦어졌고 노선마저 변경되었다. 희망이 절망의 씨앗도 품고 있듯 계획은 변경의 여지를 품고 있는 것을…. 그래도 남편이 어디서 그런 정보를 듣고 왔기에 그 일로 인한 지청구를 피할 수 있어 다행이었다. 우리 동네를 통과하는 동해선은 그가 간암으로 떠난 후에야 들어섰다. 나는 가끔 하릴없이 동해선을 타고 태화강역까지 갔다가 돌아오곤 했다.

오후 5시가 되자 어두워지기 시작했다. 잔멸치를 넣은 김치볶음밥을 먹고 나니 노곤해서 책도 읽히지 않았다. 나는 머플러를 두르고 온천천으로 향했다. 선이 따라오려고 낑낑

댔으나 왼쪽 다리를 살짝 절어서 집에 두고 나섰다. 다음 월요일에는 혜지를 어린이집에 보내고 바로 동물병원에 데려가야겠다 싶었다. 남편 장례식 때 귀국했던 딸들이 데려온 선은 벌써 10살이었다. 나는 혜지네 집에서 집안일을 하는 게 운동이 되지 않는 것 같아 빠르게 걸었다. LA 한인타운 북쪽에 들어선 새 빌딩에 미용실을 차렸다는 딸들에게 짐이 되고 싶지 않았다.

작년 봄, 큰딸은 엄지와 검지가 많이 저리다고 한국으로 들어와 손목터널증후군 수술을 했다. 그리고 집에서 일주일 쉬고 갔다. 커트 솜씨가 좋다고 저를 찾는 손님이 많다더니 가위질을 무리하게 한 모양이었다. 딸은 저녁 6시면 KBS FM '세상의 모든 음악'을 들으며 편안해했다. 하루는 딸이 저녁을 준비하던 내게 노래를 같이 듣자 했다. '콜링 유(Calling You)'라는 노래가 나온다며. 느릿한 멜로디와 애틋한 음색이 가슴을 파고들자 딸은 내 손을 꼭 잡았다.

… 난 당신을 부르고 있어요./내 말이 들리나요?/난 당신을 부르고 있어요./뜨겁고 건조한 바람이 바로 나를 뚫고 지나가요./아기는 울고 있고, 난 잠을 잘 수 없어요./그러나 우리는 둘 다 알죠. 변화가 오고 있다는 것을./더 가까이 다가오고 있어요. 서로로부터의 달콤한 해방이…. //

엄마, 노래 멋지지? 난 제베타 스틸(Jevetta Steele)이 부르는 게 제일 좋아. 엄마도 유튜브에서 들어봐. 딸은 키조개를 넣은 새파란 미나리전을 오물대며 말했다. 나는 고개를 끄덕이며 충렬사를 포함한 이 일대가 옛날에는 미나리꽝이었다고 얘기해주었다. 엄마, 이렇게 맛있게 먹고 얘기를 나누며 살 수 있는데 아빠는 왜…. 식후에 함께 커피를 마시던 딸은 말을 잇지 못했다. 딸이 중1 때 이후 처음 꺼내는 얘기였다. 그러자 두꺼운 포장지로 싸매 내 안에 밀쳐둔 기억들이 거친 마찰음을 내며 끌려 나왔다. 포장이 벗겨진 기억은 대개 너덜너덜해졌지만, 일부는 더 생생하게 드러났다.

'왜 이리 싱거워, 간도 못 맞춰? 그 잘난 책에 이런 건 안 나와? 하는 짓이 뭐, 다 그렇지.'

그러면서 남편은 국그릇을 홱 밀쳤다. 국물이 넘쳐 식탁이 흥건해졌다. 간장 더 넣을까요, 하기에는 늦은 듯했다. 설핏 그의 얼굴을 보자 희번득이는 눈은 먹이를 노리는 맹수의 눈 같았다. 간이 안 맞으면 그 얘기만 하면 되지, 내가 하는 짓이 다 그렇다고? 나는 신음을 삼키며 속으로 그렇게 말했다.

'뭘 쳐다봐? 내가 잘못 말한 거야? 그런 거야? 다 네 탓이야! 네 탓!'

그 말과 함께 그는 국그릇을 바닥에 내동댕이쳤다. 오빠가 없었으면 내게 손찌검까지 했을지도 몰랐다. 공부는 하기 싫어해도 눈치는 귀신 같았던 오빠는 종종 우리 집에 들르곤 했다. 그런 오빠에게 뭐라고 이름 붙이기 애매한 상황에 대해 말하기는 난감했다. 나는 사소한 일에 난폭하게 반응하는 남편에게 까닭을 물어볼 엄두를 내지 못해 우울했다. 어쩌다 물어보면 대꾸한다고 길길이 뛰며 밤새 똑같은 말을 반복하는 게 끔찍했다. 더구나 어떤 일이든 흑과 백으로 딱 갈라버리니 대화가 되지 않았다. 흑과 백, 그사이에 얼마나 너른 회색지대가 있는데 그러는지….

윤아 아버지는 점잖아서 좋겠어요. 이웃 사람들은 그가 늘 웃으며 인사하는 데다, 내가 동네 여자들 틈에 끼어 그의 흉을 보지 않으니 그렇게 말했다. 그러나 그가 대문 안에만 들어서면 전혀 다른 사람으로 변한다는 말은 믿지 않을까 싶어 하기 싫었다. 저 화분이 왜 저기 있어? 머리가 그렇게 안 돌아가? 남편이 사춘기 애들처럼 윗입술을 쑥 내밀며 하는 말들은 섬뜩했다. 나는 이웃 여자들이 나를 '크레믈린'이라 부르는 것을 알고 있었다. 그러나 그들과 친해졌다가는 내가 쓴 가면이 벗겨질까 봐 거리를 두고 지냈다. 고통은 각자의 고유한 경험이어서 다른 이와 공유하기 어려울 것 같았다. 그러니 누구에게 얼마만큼 드러내야 할지 갈피를 잡을 수도 없었다. 남편이 고함부터 치며 트집을 잡으면 정말 내가 잘못했나 싶어 맴을 돌듯 어지러웠다. 그럴 때면 내가 할 수 있는 게 없었다. 그 무력감이 나를 갉아먹는 듯했다. 그래선지 잠들 무렵이면 머릿속에서 폭탄 터지는 소리가 나서 잠을 설치곤 했다.

'엄마 아빠가 연애해서 결혼했다고요? 그런데 아빠 성격이 저렇게 이상한 줄 정말 몰랐어요? 엄마 말은 듣지도 않고 화부터 내니…. 엄마, 이제 우리 다 컸으니 이혼하세요.'

큰딸이 중학교에 입학하자 그렇게 말한 적이 있었다. 나는 결혼 후 그가 돌변한 까닭을 알 수 없었다. 그래서 아빠가 회사에 어려운 일이 있어 그러니 기다려보자고 얼버무렸다. 우리는 그가 좋은 쪽으로 변하기를 기대하며 침묵을 등에 진 채 그를 견디며 살았다. 그도 무언가를 견디며 살았던 것일까?

걘, 우리와 냄새가 달라! 조원들은 나를 두고 그렇게 수군댔다. 내가 조원들 사이에서 겉돌 때, 작업반장이었던 그는 자주 어묵탕을 먹으러 가자 했다. 그것도 조원들 모두. 우리는 김이 펄펄 나는 어묵탕과 사람의 훈기 속에서 피로를 풀곤 했다. 그는 술도 마시지 않았다. 다들 그를 좋은 사람이라 했고 나도 그렇게 여겼다. 그러나 집에 오면 내 아버지라는 사람은 쓰러져 잠들 때까지 어머니에게 술주정을 부렸다. 그는 공사장에서 벽돌을 쌓고 오는 길에 늘 술을 마셨다. 오빠는 중학교 때부터 학교는 가지 않고 경찰서에 불려 다녔고, 끝내 교도소에 갔다. 오빠가 그렇게 되자 아버지는 일도 하지 않고 방에서 소주만 마셨다. 집에 쌀이 있든 없든,

내가 학교에 가든 말든. 그래선지 시장에서 채소를 팔던 어머니는 늘 몸이 아팠다. 나는 조용히 학교를 그만두고, 내가 왜 이렇게 살아야 하는지 궁금해서 도서관에 가거나 거기서 책을 빌려다 보았다. 글자는 읽혔지만, 책 내용은 머리에 들어오지 않았다. 그러다 공장에 간 지 3년 만에 그와 결혼했다. 이른 결혼이었지만 나는 사는 것처럼 살고 싶었다. 시부모가 다 돌아가셔서 그들을 모시고 살지 않아도 된다는 점도 홀가분했다.

'네가 뭘 알아? 학교도 중퇴한 주제에. 살기 힘들다고 다 학교를 그만두나? 다 그러냐고?'

IMF 직후, 나는 그에게 옆집 석이네는 공사대금을 받지 못해 부도가 나서 석이가 대학을 휴학했다고 말했다. 그랬더니 그는 불에 덴 듯 화를 냈는데 그의 음성이 쩍쩍 갈라지는 듯했다. 내가 학교를 중퇴한 것을 다 이해한다던 그였는데 그랬다. 더구나 자식들이 듣는데 너, 라니…. 연년생인 딸들은 어려서부터 그의 눈치를 보며 컸다. 아빠는 참 이상해! 우리가 잘못한 게 없는데 자꾸 화를 내니 무서워. 언젠가 유치원에 다니던 작은딸은 그렇게 말했다. 우리는 해가 기울면 불안했다. 그래선지 딸들은 성적이 좋지 않았다. 큰딸은 재수하다 말고 미용사 자격증을 따더니 같은 학원에 다녔다는 남자애와 이 땅을 떠났다. 작은딸도 언니를 따라 가버렸다. 엄마, 우리만 와서 미안해요. 여기선 미용실에서 인정받고,

남편과 동생과 함께 있으니 마음이 편해요. 윤아가 보낸 첫 편지에는 그렇게 쓰여 있었다.

'지가 대학을 못 가서 애들도 안 보냈지. 남들은 애들 과외비 벌려고 아르바이트까지 한다던데 어미나 자식이나 모자라긴. 모자란 걸 알아? 그걸 아느냐고?'

그가 생활비를 적게 주니 나도 일하고 싶었다. 그러나 그때는 온몸이 돌아가며 쑤셨다. 이웃 가내공장에서 재봉틀을 밟으면 저녁에는 걷기조차 힘들었다. 제때 하지 못하고 삼킨 말들이 내 안에서 독으로 변했던 것 같았다. 요즘 몸은 덜 아프지만, 심장에는 여전히 단단한 덩어리가 남아 있는 것 같았다.

카페거리로 내려가는 길모퉁이 편의점은 사람을 끌어당길 듯 훤했다.

"나, 단골이야, 단골! 넌 그것도 몰라? 알아? 몰라? 대답 안 해? 할 거야 안 할 거야? 말 안 해?"

흰머리였다. 그는 머리카락을 곤두세운 채 소리쳤다. 아르바이트 청년은 고개를 숙인 채 휴대전화만 보고 있었다. 고함소리에 지나가던 사람들 두엇이 멈춰 서서 편의점 안을 들여다보았다.

"사람은 한 번 쳐다도 안 보고 눈 내리깔고 돈만 받아? 어째 인간이 그럴 수 있어? 그게 사람이야? 그게 사람이냐고? 넌 단골이 뭔지 몰라? 정말 몰라?"

불뚝성을 내던 흰머리는 마스크를 벗어 팽개쳤다. 그리고 들고 있던 육개장 면을 탈탈 흔들어가며 점점 크게 소리쳤다. 그의 말본새를 보니 청년이 뭐라 대답하든 얼른 끝낼 것 같지 않았다. 말 같잖은 말을 질질 끄는 게 남편의 말버릇과 닮아서 팔뚝에 소름이 돋을 지경이었다. 나는 피부가 검누렇게 변한 남편이 고양이 밥을 줘야 한다고 헛소리를 할 때는 두려우면서도 알았다고 달랬다. 그러나 같은 말을 지칠 때까지 되풀이하는 것을 들어내는 일은 무섭기만 했다. 달래거나 말릴 방법이 없었다.

세월이 흐르자 남편은 내 마음속에서 조금씩 멀어져갔다. 그러나 과거는 이처럼 엉뚱한 곳에서 튀어나왔다. 이것이 과거가 현재에 관여하는 방식인지도 몰랐다. 흰머리는 개똥을 치우지 않고 가는 아주머니를 점잖게 나무라던 때와 달리 청년에게는 괴팍하게 굴었다. 드센 아주머니가 당신이 웬 간섭이냐고, 가던 길이나 가라고 쇳소리를 지르는 게 겁나서였을까, 청년이 만만해서였을까? 얼굴이 시뻘게진 흰머리는 청년에게 삿대질까지 하며 나무라기 시작했다. 온천천을 오갈 때면 모퉁이 편의점을 지나게 되어 아르바이트생의 얼굴을 거의 아는데 청년은 낯설었다. 모여 선 사람들이 주춤주춤 편의점 앞으로 다가갔다. '나, 인간이야. 좀 쳐다봐줘.' 흰머리는 제 마스크에 그렇게 쓸 것 같았다.

"제가 뭘 어쩌라고요…."

"이 녀석이 어른도 몰라보고 말대꾸를 해? 어데서 말대꾸야? 너 그거 대체 어데서 배웠어? 어데서 배웠냐고? 니 부모에게 배웠어? 그래? 안 그래?"

그릇 깨지는 소리, 새들이 날카롭게 울부짖는 소리, 뭔가 폭발하는 소리 같은 것이 한데 엉겨 이명처럼 울려오기 시작했다. 공연히 내가 부끄럽고 몸이 서늘해졌다.

'네가 그 술주정뱅이들 밑에서 대체 뭘 배웠겠어? 대체 뭘 배웠는데? 뭘 배웠냐고, 뭘?'

결혼 직후 무슨 말끝엔가 그렇게 말하는 그에게 놀라 심장이 서느렇게 내려앉았던 그때.

'그걸 몰라? 모른다고? 왜 몰라? 정말 몰라? 정말 모르는 거야? 알아? 몰라?'

듣다못해 내가 뭘 잘못했느냐고 물으면 밤새 그런 식으로 되묻던 그. 우리는 한 공간에 있었으나 함께 나눌 수 있는 말은 없었다. 성급한 결혼 탓이었을까? 나는 그를 들을 수 없었고, 그도 서느레진 내 안에 온전히 들어올 수 없었다. 나는 공장일을 마치고 금자야, 숙자야, 하고 부르며 어깨동무를 하고 퇴근하던 때가 그리웠다. 중학교 때, 도서관에서 헤르만 헤세의 『지성과 사랑』을 읽던 때가 사무치게 그리웠다. 그가 나를 있는 그대로 인정하고 지켜보면 좋았을 텐데…. 나는 언제라도 내가 원할 때 죽어버릴 자유가 있다는 것과 그렇게 복수라면 복수를 할 수 있다는 게 위안이 되었던 시간이 떠올랐다.

청년의 얼굴이 창백하게 질려갔다. 나는 흰머리의 불퉁한 입술을 굵고 질긴 나일론 실로 촘촘히 꿰매버리고 싶었다. '당신은 왜 그렇게 야비한가요?' 나는 내가 하고 싶은 말을 마스크에 써넣어 흰머리에게 보여주고 싶었다. 그리고 밖에서 저토록 진절머리 나게 구는 흰머리가 집에서는 대체 어떠하고 사는지 궁금했다. 얼음장처럼 차가운 호기심이었다.

"제가 뭘 잘못했는데 죄 없는 우리 부모까지 들먹거려요? 당신 부모는 그렇게 가르쳤어요?"

참다못한 청년이 불쑥 일어나며 소리쳤다.

"머어, 당신? 네가 나더러 당신이라 했어? 당신 부모는 그렇게 가르쳤냐고? 그랬어? 안 그랬어?"

흰머리의 목에 힘줄이 불끈 돋는 것이 보였다. 청년은 대거리하기도 같잖다는 듯 앉아서 휴대전화를 들여다보았다. 흰머리는 들고 있던 육개장 면 봉지를 쭉 찢더니 느릿느릿 온수통으로 다가가 스티로폼 용기에 온수를 받았다. 그렇게 소리를 질렀으니 목도 마르고 배도 고플 것 같았다. 그런데 그는 누가 말릴 새도 없이 청년에게 뛰어가 용기 속의 내용물을 홱 뿌렸다. 저런, 저런, 구경꾼들이 경악해서 소리쳤다. 놀란 청년이 의자를 뒤로 빼며 벌떡 일어나자 뒷벽에 진열된 담배들이 우르르 떨어졌다. 그는 젖은 잠바를 벗어 팽개치고 흰머리를 노려보며 씩씩거렸다. 윗도리에서 허연 김이 풀풀 솟았다. 청년이 앙갚음하려고 들면 일이 커질 듯했다. 그러기 전에 내가 할 수 있는 일이 있을 것 같았다.

"도대체 사람한테 이러는 법이 어딨어요? 당신 참 나쁜 사람이네요!"

나는 황급히 편의점 안으로 뛰어들며 흰머리를 향해 소리쳤다. 그리고 선 때문에 주머니에 넣어 다니던 물티슈로 청년의 청바지에 묻은 국물을 닦아주었다. 청년이 내게서 물티슈를 받아 쥐더니 휴대전화에 튄 국물을 꼼꼼히 닦았다. 청년의 얼굴은 심란해 보였다. 가까이서 보니 온수가 튄 목덜미와 손등이 벌긋벌긋했다. 그 영감탱이 참 못됐네. 한 아주머니가 그렇게 말하며 편의점 안으로 들어섰다. 그녀는 내게서 물티슈를 받아 청년의 목덜미를 살살 눌러 닦기 시작했다. 청년이 움찔, 하더니 아주머니 손을 와락 밀쳐냈다. '저도 모르게 밀쳐내서 미안해요, 상처가 너무 쓰려서요.' 그는 제 마스크에 그렇게 쓸 것 같았다. 아주머니는 배낭에서 화상연고를 꺼내 발라 주었다. 식당 같은 데서 일하는 듯했다.

나는 아주머니와 같이 편의점 밖으로 나왔다. 그녀와 나는 우리를 다른 사람과 구별 짓는 비밀이라도 나눈 듯, 마주보며 잠깐 희미하게 웃었다. 입을 앙다문 청년은 어딘가 전화를 했다. 말버릇이나 하는 짓으로 보아 흰머리는 성격이 아주 이상한 폭주 노인이 분명했다. 그런데 흰머리는 고함을 치며 날뛸 때와 달리, 아이처럼 고개를 푹 숙인 채 편의점 구석에 서 있었다. 뜻밖이었다.

쓰러진 어머니를 돌봐야 한다고 사정사정해서 뽑았더니 어제 인수인계할 때 뭐 들었어? 잠시 후 도착한 편의점 점주는 청년에게 그렇게 소리쳤다. 뒤이어 순찰차가 도착했다. 편의점 안을 기웃거리던 사람들이 혀를 찼다. 경찰관들은 흰머리와 청년에게 뭔가 묻더니 CCTV를 확인하고, 해당 영상을 휴대전화로 찍었다. 그리고 둘을 순찰차에 태워 떠났다. 차에 타기 전, 흰머리가 내 쪽을 힐끗 쳐다보았다.

나는 오래 천변을 걸었다. 흰머리는 뭔가 착각하고 있는 것 같았다. 그 옛날, 동네잡화점은 물건을 사러 온 사람들이 자연스럽게 만나 이런저런 소식을 주고받는 곳이었다. 가게 주인도 대개는 이웃사촌인 손님들에게 식사하셨습니까, 춥지요, 하며 말을 붙이던 인정스러운 장소였다. 그러나 요즘 도시 사람들은 바쁘고 개인주의적인 데다, 코로나까지 겹쳐 모르는 사람과는 거의 말을 섞지 않았다. 흰머리는 그게 못마땅한 모양이었지만 그가 성질을 부려서 나아진 것은 하나도 없었다. 지금쯤 둘은 지구대에서 각자 사정을 설명하고 있을 것 같았다.

초겨울 강바람이 불었다. 메마른 벚나무 가지 사이로 군청색 하늘이 뭉텅 걸려 있었다. '당신은 내게 왜 그랬어요?'

나는 청년이 하고 싶었을 말을 그가 쓰고 있던 마스크 위에 써보았다. 그런데 그 청년이 쓰러진 어머니를 돌본다던 말이 떠올랐다. 한창 공부하고 친구와 어울려 다닐 시기에. 나도 겪어보았지만, 환자를 돌보는 일은 감정적으로나 신체적으로 보호자가 더 지치는 일이었다. 청년의 어머니를 돌볼 사람이 그렇게 없는지, 회복할 가망은 있는가 싶어 가슴 저렸다. 다음에 만나면 그의 사정을 들어보자고 마음먹었다. 내가 그의 형편을 물어봐주고, 그가 속을 털어놓다 보면 마음이 좀 풀쳐질지도 몰랐다. 누군가 내게 그렇게 해주기 바랐지만 아무도 해주지 않았던 일이었다.

천변에는 황갈색으로 변한 갈대들이 바람이 불 때마다 휘청거렸다. 나는 갈대들이 제 몸에 새기고 싶어 할 만한 말을 궁리해보았다. '이렇게 조용히 흔들리는 시간이 좋아.' 보다 '서로 기대어 서걱대는 게 좋아.'가 나을 듯했다. 강물 위로 혜지네 아파트의 불빛들이 줄지어 어룽거렸다. 혜지네가 저녁 먹을 시간이었고, 미국에 사는 딸네 가족은 고이 자고 있을 때였다.

토요일에 일하러 가서 혜지네 가족 셋이 있는 것을 보면 나 자신이 거추장스럽게 여겨졌다. 자기네들끼리 오붓이 있으면 좋을 텐데, 혜지 엄마는 토요일 오전에도 내가 오기를 원했다. 작년 가을에는 혜지를 어린이집 통학차에 태워주고 나면 우리 집으로 갔다. 그러다 하원할 때쯤 아파트 앞에서 기다렸다 제집에 데려가 7시까지 돌보면 됐다. 원래 혜지 친할머니가 하던 일이라 했다. 부부가 은행에 다니는 혜지네는 우리 동네 강변 고층 아파트에 살았다. 가보니 내가 정신 사나워서 거실과 목욕탕에 뒹구는 수건과 양말 따위를 세탁기에 넣어 돌렸다. 그리고 손녀 또래인 혜지에게 밀가루 덩어리인 비스킷을 줄 수 없어, 당근과 달걀로 케이크를 만들어 먹였다. 혜지가 잘 때는 나도 가져간 소설책이나 심리학책을 읽었다. 그 속에 남편과 비슷한 사람이 있다는 것이라도 확인하고 싶었다. 그렇게 두 달이 지나자 혜지 엄마는 집안일을 부탁했다. 그녀가 제시한 월 280만 원은 내게 적은 돈이 아니었다. 그래서 내 힘으로 딸네 집에 갈 계획도 세웠다. 혜지 아빠는 토요일에 혜지 엄마가 외출하고 나면 딸의 손을 잡고 서재로 가면서, 내게 일찍 가라고 했다. 좋은 뜻이었겠지만 자기들끼리 있고 싶다며 나를 밀쳐내는 듯했다. 나는 내가 하고 싶은 말을 마스크 위에 써보았다. '남편은 왜 나를 밀쳐냈을까?'

강가에 키 큰 사람이 앞서 걷고 있었다. 약간 허청대며 걷는 모습이 흰머리 같았다. 지구대에서 나온 모양이었다. 나는 이상 성격을 지닌 듯한 그를 쳐다보기도 징그러웠다. 그렇다고 가던 방향을 바꾸는 것도 우스워 그대로 걸었다. 연산교를 지난 그는 가로등 옆 벤치로 가서 앉았다.

"선은 안 데리고 왔능교?"

그는 그렇게 말을 붙여 왔다. 흰머리가 개 이름을 안다고 생각하니 섬뜩했지만 그럴 수도 있겠다 싶었다. 내가 매일 온천천에 데리고 다니며 선 이리 갈래, 하고 자주 물었으니까. 돌다리를 건널 때면 조심해 선, 하며 목줄을 단단히 잡았으니까.

보면 모르오? 나는 대답하지 않기도 뭣하고 청년에게 한 짓도 괘씸해서 쌀쌀맞게 대답하고 지나쳤다. 그가 일어나 따라왔다. 뛰어갈 수도 없고 돌아가기도 어색했다. 나는 그가 하고 싶어 할 말을 그의 마스크에 써보았다. '내 말 좀 들어보소.'쯤 될 듯했다. 나는 그에게 물어봐 주고 싶은 말도 있고 해주고 싶은 말도 있었다. 그러나 난데없는 봉변을 당할까 싶어 머뭇거려졌다.

애들에게만 유치원 같은 돌봄 공간이 필요한 게 아닌 듯했다. 애들에게 인사하는 법을 가르치듯 흰머리 같은 노인들에게도 빠르게 변하는 세상에 적응할 수 있도록 도와주어야 할 것 같았다. 누워서 꼼짝도 못 하는 노인들에게만 돌봄이 필요한 게 아니라, 제 발로 움직일 수 있는 노인들에게도 마음을 다독여줄 나름의 돌봄이 필요할 것 같았다. 인간이란 서로의 온기를 느끼며 정답게 이야기하고 싶어 하는 존재고, 그랬기에 공룡이 사라진 시대에도 살아남을 수 있었던 게 아니었을까 싶었다.

"와 이름을 선이라 지었능교? 태양이란 뜻잉교?"

흰머리는 내게 퉁을 맞고도 말을 붙여 왔다. 그래도 아주 맹탕은 아니구나 싶어서 짧게 대꾸했다.

"착할 '선'입니다."

"하하하, 그럼 난 '악'이겠네요? 악이, 악이, 아기…. 내 하는 짓이 꼭 애 같았지요, 안 그렇능교?"

그는 내가 편의점 앞에서 제가 하던 짓거리를 다 보고 있었던 것을 아는 듯했다. 그리고 그와 관련해서 뭔가 말하고 싶은 눈치였다. 나는 그가 마스크 위에 '내 맘을 털어놓고 싶어.'라고 써넣는 상상을 하며 속으로 웃었다. 그러다 가슴이 꾹 눌리는 듯한 기분이 들었다.

"알면 됐습니다! 갠 데어서 목도 손도 벌겋던데 대체 왜 그랬어요? 맘은 또 얼마나 다쳤겠어요?"

흰머리는 고개를 숙인 채 꾸역꾸역 따라왔다. 그 꼴을 보자 남편도 그가 한 짓을 아는지 어쨌는지 궁금했지만 뒤늦게 물어볼 수도 없었다. 갈대밭 너머에서 숭어들이 물 위로 뛰어올랐다가 첨벙, 첨벙, 잇달아 떨어지는 소리가 들렸다. 두 개의 물무늬가 점점 둥글게 펴지며 가까워지고 있을 것 같았다.

"갔던 일은 어떻게 됐습니까?"

"다시 연락한다 합디더. 우짜겠습니꺼, 벌을 받아야지요."

"그보다, 그 애한테… 사과했습니까?"

흰머리는 대답하지 않았다.

"그 애한테 그렇게까지 할 일도 아닌 것 같던데 왜 그랬어요?"

"인간이 한 번 쳐다도 안 보고 돈만 받기에…. 그 순간엔 제 맘을 이기지 못해 홱 돌았던 게지요."

내가 듣고 싶었던 대답이 아니었다. 나는 좀 더 친근한 말투로 재차 물었다.

"그 애만 그런 게 아니라, 요즘 다들 바쁘니 그렇지요. 여기가 옛날 시골 동네도 아니고요. 그런데 제 맘속에서 전쟁 안 치는 사람 어딨다고 애먼 애한테 그랬어요?"

그는 한숨을 쉬더니 입을 딱 다물어버렸다. '나는 할 말이 너무너무 많아요.' 그가 마스크에 그렇게 쓰는 것 같았다. 바람이 불었다. 갈대들은 쓰러질 듯 누웠다가 스르륵 일어서곤 했다.

일요일은 따뜻했다. 오늘은 편의점 아르바이트 청년을 만나, 어머니를 돌본다는 그의 얘기를 들어줘야겠다 싶었다. 여태까지는 내게 그런 여유가 없었다. 예민한 남편을 자극하지 않으려고 몸을 사리고 말을 아끼다 보니 옆 돌아볼 여유가 없었다. 그가 세상을 떠난 후에도 마음은 쉽게 펴지지 않았다. 그러나 이젠 옆도 돌아봐 가며 사람 사는 것처럼 살고 싶었다.

언제나처럼 오전 10시쯤, 나는 선에게 목줄을 채우고 배변 봉투를 챙겨 온천천으로 나갔다. 길모퉁이 편의점에는 여자애가 앉아 있었다. 자전거 도로로 각양각색의 은빛 바퀴들이 줄지어 지나갔다. 고기들이 물 위로 뛰어올라 첨벙, 떨어지는 소리가 들렸다. 오염되었던 온천천은 저 홀로 맑아질 수 없었을 것이다. 바깥에서 맑은 물이 흘러들어 오지 않았으면….

연산교를 지나자 돌다리가 보였다. 청둥오리들이 물살을 가르며 지나갔다. 아이들이 팔딱대며 돌다리를 건너자 선이 그리로 뛰어갔다. 내가 먼저 돌다리를 건너고 뒤돌아보면 선이 팔짝 뛰어 건넜다. 하나, 둘, 세 개째 건너는데 선의 한쪽 다리가 물에 빠졌다. 살짝 절던 왼쪽 다리였다. 아차, 싶었지만 내가 9킬로그램이나 되는 선을 안고 건널 수도 없었다. 손목에 목줄을 두어 번 감고 끌어올려도 선은 바둥대기만 했다. 곧 몸통이 미끄러져 물에 빠질 듯했다. 아이 불쌍해! 아이들이 발을 동동 굴렀다. 그런데 어디서 보고 있었는지 흰머리가 뛰어왔다. 그는 돌다리 위에 엎드려 선을 건져 올리더니 품에 안고 건넜다. 돌다리를 건너자 나는 그에게 휴지를 건넸다. 그는 손을 바지에 쓱쓱 문지르더니 휴지로 선의 젖은 다리를 닦아주었다. 우리는 전혀 예상치 못했던 곳에서 갑자기 하나가 된 듯했다. 괴상한 결속감으로 한데 묶인 듯해서 당황스럽기도 했다. 그러나 성격이 이상해

보였던 흰머리도 물에 빠지지 않으려고 버둥대는 개를 보고 지나치지 못하는 보통 사람이었다. 우리는 선을 사이에 두고 나란히 걸었다.

"고맙습니다. 아직 연락 없습니까?"

"오늘 일요일이고…. 어떤 벌이든 달게 받아야지요, 걱정해줘서 고맙심더."

지금 말하는 걸 보니 그는 멀쩡했다. 어쩌면 내가 그에 대해 잘못 생각했을지도 모른다 싶을 지경이었다. 어느 시인의 말처럼 선행과 악행이라는 구별 너머에서 그를 만나야 할 듯했다. 그러자면 그에게 무슨 말이든 말을 꺼내게 해서, 그를 제대로 들어야 할 것 같았다.

"선을 구해줘서 제가 더 고맙지요. 그런데 뭣 때문에 그 애에게 그렇게까지 했습니까?"

그는 묵묵히 걷다가 한참 만에 입을 열었다.

"누군가와 말을 하고 싶었어요. 그런데 성질이 더럽다 보니…. 그러고 나면 부끄럽고요"

말이 하고 싶어서 그랬다고? 부끄럽다고? 그런 솔직한 고백을 듣고 보니 마음이 복잡하고 처연했다.

"그럼 좋은 말로 하지 그랬어요? 그 속을 모르고 당하는 개 심정은 어떻겠어요? 아픈 어머니를 돌보는 딱한 애 같던데…. 그리고 세상에 외롭지 않은 사람이 어딨다고 그래요? 가족이 없습니까?"

"왜 없겠어요? 처는 먼저 갔지만, 아들도 있고 손주들도 있고…."

나는 아들과 같이 사느냐고 물었다.

"같이 살았는데, 그게 더 외로워서 방 한 칸 얻어 나와버렸어요. 나중에 혼자 앓다가 죽든 어쩌든 차라리 그게 맘 편합디더. 휴… 며느리 하는 걸 보면 내가…."

그의 음성에 물기가 돌아서 옆을 보니 그의 눈에 눈물이 그렁그렁했다. 꼭 아기 같았다.

"며느리가 뭘 어쩌는데 그래요? 전 딸만 있어서요."

"내 자식도 그렇지만 휴, 며느리 하는 걸 보면…."

"대체 뭘 어쩌는데 그래요?"

"밥을 풀 때 보면… 밥공기에 밥을 퍼서 상 위에 곱게 안 놓고, 틱 던지듯이 놓는데…."

"그렇다고 만만하다 싶은 청년에게 그래요?"

"다, 내가 모자라서 그렇지요…."

"다, 속사정이 있겠지요…."

한참 말없이 걷던 흰머리가 제 속을 털어내기 시작했다. 아버지가 갑자기 돌아가시자 먹고살 길이 막막했던 어머니는 그를 데리고 개가했다. 그래서 어려서부터 의붓아비 아래 자랐다. 그런데 어머니가 의붓아비의 아들을 낳자 어머니는 아비 눈치를 보느라 힘들어했다. 그렇게 겉돌다가 14살에 집을 나와 떠돌다 이 동네에 자리를 잡고 결혼했다. 그런데 처를 안을 때면 개가한 어머니의 볼그레한 얼굴이 떠올랐다. 그래서 걸핏하면 처에게 욕을 퍼부었고, 그걸 보고 자란 아들은 그를 미워했다. 그러니 며느리도 그에게 막 대했다. 그는 저도 사람이라 처에게 못되게 굴면서도 속으로는 이게 아니라 싶었다고 했다. 그러나 끝내 미안하다는 말을 못 하고 처를 먼저 보냈다며 훌쩍였다. 청년에게 그 난리를 치면서도, 속으로는 이게 아니다 싶었는데 도무지 멈추지 못하겠더라고 했다. '내가 못나서 어릴 적 상처를 이겨내지 못했어요.' 나는 그가 제 마스크에 그렇게 써넣는 것을 지켜보는 것 같았다.

"휴, 클 때 힘들었겠어요. 지금이라도 아들에게 사과하는 게 어떻겠어요?"

"그렇게 말해줘서 고맙심더. 아들에게… 마음은 그런데 그게 잘 안 됩디더…."

이제 더는 머릿속에서 쿵쿵대는 소리가 울리지 않을 것 같았다. 나는 그에게 속마음을 보여줘서 고맙다는 인사 대신, 선을 건져줘서 고맙다고 말했다.

"편의점에 그 청년이 보이면 꼭 사과하세요. 아들에게 사과하는 연습이라 치고요."

내가 농담 비슷이 그렇게 말하자 그는 쑥스러운 듯 고개를 끄덕였다.

나는 강둑으로 올라갔다. 바람이 불자 갈대들이 땅에 눕

듯 쓰러졌다가 천천히 일어서는 게 보였다. 흰머리는 그가 처에게 못되게 구는 것을 알고 있었다고? 남편도 그랬을까? 문득 남편도 그 청년처럼 화상의 상처 같은 게 쓰라려서 무심코 나를 밀쳐냈던 게 아니었을까 하는 생각이 들었다. 그러나 나는 그의 고함소리, 그 너머의 것을 들을 수 없었다. 내가 그에 대해 아는 것은 부모가 일찍 죽은 후, 삼촌 밑에서 공고도 휴학해가며 겨우 졸업했다는 것뿐이었다. '내 성격이 이상한 건 알아. 하지만 아무에게도 내 속을 드러내기 싫었어.' 남편은 마스크에 그렇게 쓸 것 같았다. 나와 딸들이 그가 좋은 쪽으로 변하기를 기다리며 살았듯, 그는 내가 그의 세계로 들어와 주기를 고대했던 게 아니었을까. 나는 왝왝거리는 왜가리 울음소리를 들으며 선과 함께 집으로 갔다.

박영해
〈부산일보〉 신춘문예 등단. 저서 『네 사람이 누운 침대』『우리가 그리는 벽화』『종이꽃 한 송이』. 부산소설문학상, 들소리문학상 수상.
cea1470@hanmail.net

Ⅱ 작가론

안티고네와 세헤라자데
-조갑상의 소설에 관하여

김만석

1. 연결자로서 소설가

조갑상은 한 문학 대담에서 소설가로서 자신의 임무를 "연결자"로 말한 바 있다.[1] 사건의 직접적인 당사자가 아니지만, 그 사건으로부터 완전히 분리되어 있지 않다면, 그리고 그 사건을 완전히 떨쳐낼 수 없다면, 자신이 할 수 있는 이야기는 최소한 사건이 있었다는 바로 그 사실을 다음 세대에 '전달'하는 것이라고 이해하고 있다고 진술한다. 얼핏 매우 상식적인 이야기처럼 보이지만, 이 진술에는 상식으로 환원되

1 『문학/사상』 북토크, 산지니×공간, 2023. 1. 12. 진행된 대화에서 조갑상은 『보이지 않는 숲』(산지니, 2022)이 갖는 소설적 위치를 '연결자'의 맥락으로 이야기한 바 있다. 이와 관련된 대담 내용은 산지니 유튜브를 통해서 확인할 수 있다. (https://www.youtube.com/watch?v=XPsUuwoyax0)

지 않는 논의가 여전히 남아 있다. 특히 연결자로서의 소설가 혹은 소설쓰기는 당연히 중립적인 '매개자'의 역할을 의미하지 않을뿐더러, 중립적인 '매개자'로서 역할을 긍정한다고 해도, 왜 그 사건이 매개되어야 하는지에 대해서는 여전히 더 진술되어야 할 말들을 남겨두고 있기 때문이다. 그가 '억울한 죽음'과 잇닿은 '이름[을 식별할 수] 없는 무덤'이 초래된 '사건'에 지속적으로 연결되는 근원적인 이유는 생애사적인 차원에서 비롯된 것일 수 있으나, 이야기의 조건이라는 차원에서 살펴보는 것이 타당할 것으로 여겨진다.

최근 발표한 「이름 석자로 불리던 날」(『작가와 사회』, 2023년 봄)은 문학 대담에서 진술한 그의 입장을 새삼 확인할 수 있는 소설이다. 이 소설은 부산 형제복지원 사건을 다룬 것으로 복지원=수용소에서 폭력과 구타로 사망한 "36번"이 죽음을 통해서만 '이름'("박진수")을 갖게 되는 이야기를 중핵에 두고 있다. "진작부터 부랑인 단속과 수용보호 업무지침은 있었지만, 원장이 언급하고 사진까지 걸린 각하가 신체장애자 구걸 행각을 근절시키라는 지시를 한 뒤부터 이곳의 수용 숫자가 눈에 띄게"(앞의 책, 198쪽) 늘어난 것은 국가 구성의 과정에서 국민과 비국민을 선별하는 행정과 제도, 시스템이 작동하고 있음을 시사해준다. 즉, '국민보도연맹'이 국민과 비국민을 자의적인 기준에 따라 식별하고 '행정처리'를 통해 절멸한 국가기획이었던 것과 마찬가지로 형제복지원의 경우도 마찬가지로 나타난다. 그런 점에서 국민보도연맹과 형제복지원 사건 모두가 국민국가 형성의 과정에서 발생한 사건이라는 것을 주지할 필요가 있다.

달리 말해, 조갑상에게 '연결자'는 국민국가 구성의 과정에서 피아를 식별하거나 국민과 비국민을 분류하는 자의적 폭력이 반드시 나타난다는 것을 소설을 통해 드러내는 것을 의미한다. 즉 조갑상에게 소설이 기입되는 자리는 바로 국민으로 환수되지 않는 존재들을 증언하는 데에 놓여 있는 것이라고 할 수 있다. 물론 직접적인 당사자가 아니라는 점에서, 그의 증언은 '사실'을 전달하는 데 목적을 두는 것은 아니다. 무엇보다 당사자의 증언도 논리적으로 '사실'을 말하는 데 있는 것이 아니다. 증언에는 각종 비사실적 요소들이 기입되어 있거나 심지어 환상이 들어가 있기도 하다는 것을 주지하면 사실 자체를 전달하는 것이 연결자로서 소설의 자리일 수 없는 것이다. 소설적 증언은 역사적 사실의 발굴이나 전달과 다른 지점에 놓여 있는 것인데, 조갑상의 경우엔 국가가 규정되는 과정에서 애도될 수 없는 죽음 혹은 무덤이 놓여 있다는 것을 일상적 삶을 펼쳐냄으로써 증언하고자 한다. 일상이야말로 무덤 위에 선 세계라는 것이다.

이는 국가가 '작동'하는 일상적인 규범적 세계 내에서도 국가폭력이 출현한다는 것을 지시한다. 그런 점에서 조갑상의 등단작 「혼자웃기」(〈동아일보〉 신춘문예 당선작, 1980)는

「이름 석자로 불리던 날」과 겹쳐 읽어야 한다. 「혼자웃기」는 수도사업소에 발령을 받은 지 얼마 안 된 공무원인 갑령[2]이 자신의 옛 친구인 방위병 문식이 부산 시내 한복판에서 인질극을 벌이고 경찰과 대치 중 자신을 찾는 바람에 인질극 현장으로 들어가는 이야기이다.

> 길고도 긴 거리, 텅 빈 아스팔트 위에 오직 나 혼자였다. 그러나 내가 지하다방을 향해 발을 옮겼을 때 어느 골목길이고 미어져 뛰어나오려는 구경꾼들의 끈질기고도 단내 나는 호기심과 권태롭고도 헐거운 살의의 함성을 듣는 듯했다.
>
> 나는 태양의 역광으로 몹시도 어두워 보이는 지하실 입구를 향해 걷기 시작했다. 그때 문득, 묘하게도 수도 검침하러 들어가는 듯한 생각이 들어 나도 모르게 웃음이 터져 나왔다. 나는 갈고리가 없는 손을 내려다보며 소리 내어 웃었다.
>
> —조갑상, 「혼자 웃기」, 『다시 시작하는 끝』, 산지니, 2015, 29쪽.

인질극이 벌어지는 지하 다방으로 걸어가는 화자는 이

2 갑령이라는 이름은 「은경동 86번지」에도 등장한다. 조갑상 소설은 단편조차도 다른 단편과 매개되고 심지어는 장편 속에서 연장되기도 한다. 조갑상의 소설은 서사적 완결성에 초점을 두지 않는 경향이 있다. 물론 하나의 이야기의 완결이 안 된다는 것은 아니다. 일테면 「사육」과 같은 단편은 『밤의 눈』과 『보이지 않는 숲』과 같은 장편과도 연결되어 있다. 이에 관해서는 다음 장에서 논의한다.

사건에 모여든 '구경꾼'을 의식하면서, "권태롭고도 헐거운 살의"를 감지한다. 그것은 이 인질극이 낯선 일이어서가 아니라 "수도 검침"과 같이 평범하고 일상적이어서 그런 것이다. 거꾸로 말해, 평범하고 일상적인 제도와 시스템 내에는 소설에서 그려내는 것처럼 '나'와 완전히 무관한 사건이란 발생할 수 없음을 의미한다. 조갑상에게 일상이란 사회적 박탈이 무시로 일어나는 세계로, 사회적 박탈을 내재적으로 함축하고 있는 것이 바로 일상이다. 이는 국가 구성의 과정에서 발생하는 폭력이 국가가 정초된 이후에 종결되는 것이 아니라는 것을 시사한다. 오히려 국가가 매번 새로 정초되는 대의민주제 사회에서는 이런 폭력적 배치가 차라리 반복된다는 것을 확인하는 것은 어렵지 않다. 일상을 다루는 일이 '증언'의 자리와 겹치는 것은 이런 이유에서이다. 요컨대, 조갑상의 소설이 일상이나 소시민을 다룬다고 했을 때, 조갑상은 바로 박탈의 징후들을 다룬 것이라고 할 수 있다.[3]

---

3 더군다나, 이 소설이 유신과 쿠데타 사이에 등장했다는 것(1980년 〈동아일보〉 신춘문예의 투고 마감은 1979년 12월 10일이었다)은 음미할 만한 대목이다. 왜냐하면 그의 소설이 일상을 다루거나 국가폭력의 연대기를 다루거나 간에, 그의 소설이 출현한 맥락이 국가 구성의 자리 혹은 국가폭력이 실현되는 자리로부터 떼어놓을 수 없기 때문이다. 그래서 "무엇인가, 또 누군가에게 미안스러웠고 부끄러웠다. 그것은 역사일 수도 있고 사랑하는 사람들일 수도 있다."(조갑상, 「신춘문예 당선소감」 부분, 〈동아일보〉, 1980. 1. 1.)는 '고백'은 단순히 자신이 당선되어 누군가가 떨어졌다는 사실과 그 자격의 적합성을 지시하는 것을 넘어

2. 세헤라자데의 증언

조갑상의 소설에서 반복되는 두 가지는 군대 경험의 표현과 혈육적 모티브이다. 군대 경험의 표현은 수사적으로라도 초기 소설에선 거의 빠지지 않고 등장한다. 첫 번째 소설집 『다시 시작하는 끝』에 수록된 거의 대부분의 소설에는 부분적으로라도 표현된다. 소설 속 인물들은 실제적으로 군대와 관련을 갖거나 그렇지 않다 하더라도 군대 경험이 지배적인 서술로 이어지지 않는다고 해도, 빠짐없이 나타나는 것이다. 이 소설집엔 실제로 「병들의 공화국」과 같은 소설을 통해서 군대 경험 자체가 들어 있으며 이는 「이름 석 자로 불리던 날」에도 이어지는 것이다. 예컨대, 「폭염」 같은 단편에서는 지방 학교에서 근무하고 있는 인물(근후)이 자신이 밀고해 죽음에 이른 친구의 연인(진숙)이 찾아와 미국에 가기 전 만난 뒤 그 연인이 자살하는 내용을 담고 있다. 친구가 자살하게 된 실제적인 사건이나 배경 설명은 거의 나타나지 않지

서 있다는 것을 보여준다. 즉 이 고백은 자의식적인 진단과 평가로 함몰되는 대신 역사와 사랑으로 확장된다. 미안함과 부끄러움을 불러일으키는 원천은 이 이야기가 제도적 이야기로 기입되는 데 대한 불편함을 감각하는 것이며 동시에 자신의 이야기가 역사와 사랑에 맞닿은 것인지를 다시금 마주하려는 태도가 나타난 것이라고 할 수 있다. 그러므로 역사와 사랑이 그의 소설의 주요한 키워드가 되는 것은 당연할 것이다.

만, 당대의 국가체제와 운동권의 이야기를 근간으로 해 구성된 소설임을 짐작게 한다.

달리 말해, 이 소설에서 "둑의 풀들은 C급의 군대모포처럼 서걱거렸고 열기가 훅훅 끼쳐왔다"와 같은 문장은 단순히 수사적으로 활용되기보다 당대의 조건과 결부된 소설적 '분위기'를 구성하는 핵심적 역할을 담당한다. 자연조차도 군사적으로 감각되는 세계에서라면, 자연법 아래에서 이루어지는 인륜적 관계는 파괴되기 마련이다. 그러한 관계에서 죽음과 상실은 기본적으로 내장되는 조건이다. 그러니까, 죽음과 상실은 인륜적으로 이루어지는 자연스러운 것이 아니라 폭력적으로 조장된 결과라는 사실을 시사한다. 군대적 표현이 장악하고 있는 세계에서는 죽음과 상실이 필수적인데, 이는 실정법의 차원에서 받아들일 수 없는 존재들의 죽음과 상실이 소설의 주요한 관심이라는 사실을 시사한다. 사회적 조건에서 이런 죽음과 상실은 드러날 수가 없는 셈이다. 그것은 오직 이야기로만 가능할 뿐이다. 조갑상이 죽음과 상실에 맞서는 세헤라자데를 등장시킨 것도 이런 점에서 살펴볼 필요가 있다. 이야기될 수 없었던 세계에 대한 이야기라는 층위에서 말이다.

> 여러분들에게 이야기를 하나 들려주지.
>
> 그래, 좋지.

내가 하는 이야기가 다 진짜는 아니지.

그럼.

그렇다고 다 거짓말도 아니지.

그럼.

—조갑상, 『밤의 눈』, 산지니, 2012.

조갑상은 「사육」에서 "세헤라자데"(=연이)를 등장시킨다. 인용문의 "이야기꾼"과 「사육」의 세헤라자데는 초점화되는 지점이 다소 다르긴 해도, 이야기가 갖는 힘은 두 소설에서 다르지 않다. 특히 단편에서 소설은 한 존재를 파멸적으로 만들 정도의 힘을 갖고 있다고 진술되지만, 이야기의 파괴적인 힘은 현실적 원리에 복속하는 방식이 아니고 도리어 현실의 원리 자체를 비인간적인 것으로 전환하는 데 있음을 보여준다. 화자("허덕수")는 "그런데 지금까지도 이해되지 않는 것은 사람이 다른 사람들 때문에, 그것도 지어낸 이야기에 지나지 않는 소설로 인해 고통이 시작되고 마침내 파멸할 수 있다는 사실"을 받아들이지 못한다. 이야기가 갖는 힘은 화자에게는 적어도 이해의 바깥에 놓여 있는 것이다. 허구적인 것으로서 소설이 사실이 아니라, 사실 자체를 발화하는 것과 다른 증언이라면, 더더욱 화자가 납득하기는 어려운 일이다. 그러므로 이야기꾼으로서 세헤라자데는 현실을 증언함으로써 삶을 지속하는 것을 의미한다.

역설적으로 이야기를 지속하는 것은 증언이 완결되지 않는다는 것을 드러낸다. 증언은 비완결적이되 오히려 지속성을 근간으로 하는 이야기 방식에 가까운 것이다. 조갑상이 직접적으로 다룬 국민보도연맹 사건은 「사라진 하늘」(1989), 「어느 불편한 제사에 대한 대화록」(2009) 『밤의 눈』(2012), 「병산읍지 편찬약사」(2016), 『보이지 않는 숲』(2022)이지만, 국민보도연맹 사건이 끼친 영향이 전방위적이었던 것처럼 조갑상 소설의 중요한 근간을 국민보도연맹으로 둘 때 이와 연관된 소설들은 더 두터운 방식으로 이어진다. 가령, 「길에서 형님을 잃다」(1997)는 국민보도연맹과 아무런 관련이 없어 보이지만, 큰집 형님을 만나기 위해 모여드는 형제들이 겪게 되는 상실감은 전통의 파괴에 있는 것이 아니다. 즉 사라진 혈족들의 '자리'가 역사를 증언하는 방식이 된다는 점에서, 조갑상 소설이 다루는 혈족(가족) 서사는 국민보도연맹 서사와 내재적으로 연결되어 있다고 해도 좋다.

3. 안티고네의 무덤

조갑상의 소설에서 혈육적 모티브로 이루어진 서사들은 사랑을 다루는 경우가 많다. 장편 『누구나 평행선 너머의 사랑의 꿈꾼다』(세계사, 2003)의 경우, 파괴된 관계들의 사랑이 봉합될 수 없는 파국으로 치닫는 한 중년 남성을 다룬다. 조갑상에게 사랑은 공동체의 안(혈육)과 외부와의 관계를 탐문하는 장치이다. 이는 조갑상의 소설에서 사랑이 정치철학적인 문제와 매개되는 입구라는 것을 시사한다. 사랑의 '적법한 대상'이 될 수 있는지의 여부는 공동체 내외부를 분할하는 문제가 되기 때문이다. 이는 인륜성의 자연법의 차원과 실정법의 차원으로의 분할에 해당되는 것이기도 하다. 일테면 헤겔은 자연법과 실정법의 대립을 '안티고네'의 사례로 제시하는데, 근대국가 구성되는 과정에서 상실과 죽음에 대해 '애도'가 허락되는 것을 규정하는 것은 국가의 성립에 따른 실정법이 이를 수행하는 것으로 간주한다.[4] 그러니까 혈족의 죽음과 상실이라는 사건 내에 애도 가능한 것과 불가

4 헤겔은 '신의 법에서 인간의 법'으로의 이행이라는 문제의식을 자신에게 주어진 과제, 곧 프로이센의 통합과 국민국가 형성을 철학적으로 뒷받침하는 데 도입한다. 헤겔은 이를 두 가지 차원에서 분별해 제시한다. 한편으로 국민국가의 형성과정에서 이루어지는 '법'의 전환의 문제를 다루고 다른 한편으로는 국민국가 구성 이후의 과정에서 이루어지는 '법'의 문제를 다룬다. 그러니까, 신의 법에서 인간의 법으로의 전환은 곧 국민국가 형성 과정에서 나타나는 문제(내전)를 '법'의 차원에서 해소하는 것이면서 동시에 인간의 법으로 전환된 이후의 국민국가 내부의 문제(통치)를 해소하기 위한 '법'을 제시한다는 것이다. 따라서 국민국가 형성 과정에서 도입되는 '법'과 국민국가 형성 이후에 주어지는 '법'은 동일한 법이 아니다. 헤겔은 자연법에서 실정법으로의 이행 과정과 국민국가의 형성 과정을 동일한 연장선상에 두고 사유함으로써, 법의 의미를 달리한다. 헤겔, 임석진 옮김, 『정신현상학2』, 한길사, 2005. 특히 4장 정신 참조.

능한 것이 분할되는 것이다.

그러나 자연법으로부터 실정법의 승리로 안티고네의 사례를 제시함으로써 국가 구성의 과정('내전')에서 상실과 애도불가능한 죽음의 자리가 헤겔의 의도와 달리 지양불가능한 몫으로 함축하게 된다. 안티고네는 그 상실과 죽음을 내버려두지 않고 '무덤'을 '만들기' 때문이다. 예컨대 한국문학이 '한국전쟁'의 경험을 다루면서 내팽개쳐진 혈육의 상실이나 죽음에 대해 지속적으로 다루어왔던 것은 우연이 아니다. 그러니까 조갑상의 소설에서 사랑이 실패하거나 사랑하는 관계 안에서 반복적으로 불화를 경험하는 것은 '가족'이나 '소시민'의 자의식이나 심리를 드러내어 현대인의 불안을 드러내기 위해서가 아니라 국가 구성의 전후에 똬리를 틀고 있는 균열을 드러내는 데 있다고 해야 한다. 장편 『보이지 않는 숲』이 국민보도연맹 관련자의 혈육 간 만남에서 출발해 가족 구성과 한 마을의 역사, 교육, 믿음(종교)으로 전개되는데, 이런 서사적 흐름들에서 드러나는 것은 봉합되지 않는 연쇄적인 균열들의 지리지라는 것을 뜻한다.

> 서옥주의 시누들은 장례 절차에 대해 간섭하지 않기로 의논을 모았다. 비명에 간 오빠 동생을 탈 없이 잘 보내주어야 했다. 같은 핏줄을 타고난 동기간이 그래도 부모가 누운 곳에 같이 있을 수 있다는 것으로 만족이었다. 동현이는 무

심하고 동오가 제 엄마에게 "아부지 뜻이 아니지."라고 따졌지만 그것도 잠시였다. 서옥주가 신앙생활을 다시 하고자 대화를 나누었을 때 가졌던 김인철의 그 불안이 이런 모습으로 얼굴을 내민 것일지도 몰랐다.

김인철은 완주하지 못하고 중도에서 인생을 끝내는 그런 사람이 되었다. 마라톤 주자로 치면 삼분의 이를 지난 것이고, 등산으로 치자면 하산을 제대로 못한 셈이었다. 자신이 원한 바는 아니지만 차를 세운 것은 그 자신이었다. **무엇이 끝나면 다음이 시작된다.** "좀 서둘러 갔지만 자식들이 장성했으니까." 유족도 그리고 문상객들도 그런 얘기를 했다.

—조갑상, 『보이지 않는 숲』, 산지니, 2022, 384~385쪽.[강조 인용자]

김인철은 비오는 날 교통사고로 죽음에 이른다. 김인철의 죽음은 난데없이 일어나는 것이지만, 이것이 작위적으로 여겨지지 않는다. 김인철의 갑작스러운 죽음은 차라리 자연스러운 서사적 전개에 가깝다. 조갑상의 소설에서 다루어온 상실과 죽음은 국민보도연맹 이래로 '자연사'의 경로를 밟는 인물이 나타나지 않아서이다. 그의 소설에서는 상실과 죽음은 예측에 따라 이루어지지 않고 갑작스레 닥치거나 이미 때이른 죽음을 짊진 인물들이 주로 제시된다. 김인철의 죽음은 서옥주의 손으로 애도되고 이 과정은 '신의 법' 아래 주관되는 것으로 제시됨으로써, 그의 죽음이 국민보도연맹의 역사 가운데 하나의 종결이 아니라 '인간의 법' 내부에 지워지지 않는 잔여로 주어진다는 것을 의미한다. 그러니까, '사고사'로 기록될 김인철의 죽음은 자연법적 죽음의 자리에 위치해야 하며, 공동체의 이편으로 여전히 소속되지 못/않는 서옥주에 의해 장례가 치러짐으로써 실정법적 삭제가 아니라 애도의 자리를 해석하고 찾아야만 하는 공동체의 과제로 주어진다.

> 스타시스가 오이코스 내부에 위치하는 것이 아니라 오이코스와 폴리스, 피에 의한 혈족 관계와 시민성 사이의 비식별역을 구성한다는 것을 의미한다.
>
> (중략)
>
> 스타시스는 오이코스 안에도 또 폴리스 안에도, 즉 가족 안에도 또 도시국가 안에도 위치하지 않는다는 것이 우리의 가설이다. 오히려 그것은 오이코스라는 비정치적 공간과 폴리스라는 정치적 공간 사이의 비식별역을 구성한다. 그러한 문턱을 넘으면 오이코스는 정치화되며 폴리스는 '오이코노미아화된다.' 이것은 그리스의 정치 체제에서 내전은 정치화와 탈정치화의 문턱으로 기능하며, 그것을 통해 오이코스는 폴리스 속에서 초월되고 폴리스는 오이코스 내에서 탈정치화된다는 것을 의미한다.
>
> —조르조 아감벤, 조형준 옮김, 『내전』, 새물결, 2017, 42~44쪽.

공동체 구성원 사이에 벌어지는 갈등과 봉합의 과정엔 해소되지 않고 남아 있는 숱한 죽음들은 물론이거니와, 국가의 보호와 관리가 제대로 실현되지 않아 이루어진 대규모 죽음을 몇 년간 목도하고 있다. 이러한 죽음의 연쇄와 횡행이 국가가 정초되는 과정에 기입되어 있는 실정법적 국가폭력의 형질변화와도 밀접한 관련이 되어 있다면 이런 상실과 죽음을 막기는 어렵다고 해도 과언이 아니다. 조갑상의 소설이 읽혀야 하는 것도 바로 이런 근본적인 공동체의 조건과 무관하지 않은 것이다. 대의제 민주주의 아래에서의 필연적으로 등장하는 '인민의 부재'(ademia, 아감벤)라는 근대국가의 기본적인 조건이 여전히 작동하는 시스템이라면, 이른바 '내전'은 '항구적'일 가능성도 배제하기 어렵다. 무엇보다 '내전'과 관련한 아감벤의 짧은 논점으로 재확인하면서 조갑상의 소설의 전모에 다시 진입해 들어가야 하는 과제가 우리에게 주어져 있다.

이를테면, 제주 4.3에서 여순의 '여파'로 이루어진 국가보안법, 연좌제, 유숙계[5]에서부터 국민보도연맹의 창설에 이

5 1949년 6월 초에 유숙계(留宿屆)는 가구 구성원 외에 외래자가 방문할 경우 이를 신고하는 제도를 의미한다. "치안확보를 목표로 하여 당국에서는 종래의 애국반을 개편 강화하는 동시에 외래자의 유숙은 친족을 막론하고 일일이 세대주가 즉시 소속 반장에게 보고하여 반장은 제출

르는 짧은 시간이 해방 이후 한국 사회 전체의 시간성을 정초해온 것이라는 사실은 반복적으로 되새겨야 할 대목 가운데 하나이다. 만약 소설이 이런 근본에 도달해 있는 상실과 죽음을 다룰 때, 원근법적으로 소실점을 갖는 대신 낯선 세계로 우리를 안내할 것임은 두말할 필요가 없을 것이다. 달리 말해, 조갑상의 소설이 '보이지 않는 숲'으로 우리를 더 안내할 수 있도록 여러 개의 입구로 진입해 보는 모험을 가져야 할 터이다. 숲은 광대하고 뿌리는 여러 방식으로 얽히고설켜 있을 것이다.

이 있는 즉시로 유숙인의 본적 · 현주소 · 전일 숙박소 · 전출년월일 · 세대주와의 관계 등을 소정양식에 세밀하게 기입해서 소관 파출소에 신고키로 되었으니 따라서 경찰관은 반상회에 임석하고 민보단(民保團) 분단장은 반 운영의 철저를 기하기 위하여 항상 이를 감시하여 그 결과를 파출소에 보고하기로 되었는 바 내무부당국은 이를 실시함으로써 좋은 효과를 내어 보겠다고"(〈조선중앙일보〉, 1949. 4. 30.) 실시하고자 했으나, 국가보안법을 통해서는 사상을 유숙계를 통해서는 일상을 통제하는 제도였다. 1965년 10월경 이 유숙계는 여관과 병원 등으로 한정되는 것으로 바뀐다.

김만석
편집위원, 독립연구가
geosubject@gmail.com

X 현장-비평

애도하는 동물-인간의 정치

김서라

1. 애도와 동물[1]

페스코베지테리언[2] 친구는 자주 무력감을 토로하곤 했다. 가축이 대량으로 도축되는 시스템을 근본적으로 막을 방법이 없고 사회는 변함없이 굴러가고 있는 것으로 감각하

---

1 〈애도와 동물〉은 작년 1월 말에 기획했던 전시의 원래 주제와도 같다. 김연경, 박마리아, 이올, 이진 작가와 함께 세미나를 했던 모임에서부터 시작되어 전주에서 전시를 열었다. 전시명은 〈물들고 스며들고 부대끼는 몸〉으로 달라졌으나, 큰 맥락에서는 서로 이어진 주제이기도 하다. 애도와 동물이라는 주제는 그때 인간의 타자, 소수자를 의미하는 동물과 그들을 애도하는 행위로 생각했지만, 이 주제는 기후위기 시대에 가장 어울리는 주제이기도 할 것이다. 이 세 작가들의 작업에 대한 참고로는 함께 전시를 기획했던 김만석 독립연구자의 글이 있다. 김만석, 「항쟁이론 – 항쟁과 항쟁 이후의 '다'(total)의 문제」, 『현대비평』, 2022, 268~271쪽.

2 소, 돼지 등 육류와 가금류를 섭취하지 않는 채식주의자.

기 때문이다. 육류를 먹지 않는다거나 반려견을 잘 키우는 등 자신 개인의 실천에 머물게 된다며 그 친구는, 아픈 현실을 마주하는 것이 힘들다고 눈물을 글썽였다. 그 앞에서 활동을 하면서 무기력을 벗어나자는 구호는 허망하기 이를 데 없었고, 그저 위로가 되는 말을 찾아야 했다. 이처럼 무기력은 동물권 지지자와 생태운동가들에게 찾아오는 가장 힘든 증상이다. 사실 오랫동안 축적된 자본권력은 밀림의 파괴와 공장식 축산업에 슬퍼하기보다는 맥도날드와 스테이크를 즐기도록 종용했다. 무기력이 찾아오는 이유 가운데 하나는 자본권력의 문제와 겹쳐져 있다. 이는 자본세(Capitalocene)[3]를 살아가는 사람 모두에게 무기력증은 잠복해 있음을 시사한다. 실제로 기업은 언제 어디에서나 24시간, 전 지구의 도시에 매장들을 배치해 입맛을 조직했다. 그렇다면 무기력과

---

3 자본세는 지질학자 파울 크뤼천이 명명한 인류세(Anthropolocene)에 대한 대안적 개념이다. 인류세에 관한 논의에 있어서 과연 인간 집단 전체에 책임소재를 귀속시킬 수 있는가에 대한 문제가 있다. 이에 대해 무어와 나오미 클라인은 인류세에 비판적인 입장을 취하고 있으며 도너 해러웨이 또한 인류세 대신 자본세라는 용어를 채택한다. 김홍중(「인류세의 사회이론 1-파국과 페이션시」, 『과학기술학연구』 19권, 한국과학기술학회, 2019)에 따르면, 계급에 따라 탄소배출이 차이가 크기에 이는 합당한 비판이지만, '인류'라는 용어를 주체가 아니라 행위능력의 성격과 작동방식을 지칭하는 것에 국한한다면 가능하다고 보고 있다. 그러나 여기서는 책임소재를 더 밝히면서도 동물과 인간을 분리하는 '인류'라는 용어를 피하고자 자본세라 쓰기로 한다.

슬픔과 같은 이른바 수동적 정동으로 논의되는 감각적 실천은 동물의 죽음을 은폐하고 감추려는 자본의 전략에 대응하는 정치적 실천이라고 해야 할지도 모른다. 그러므로 '애도하는 자'라는 포지션에 함께 서는 것이 중요할 것이다. 공통적 의례로서 동물과 자연의 '자연화된 것'처럼 치환하는 폭력적 자본에 의한 '도살'을 드러내는 방식이기 때문이다.

자본주의하에서 이루어지는 도살의 대량화는 유엔식량농업기구(FAO)의 자료에 적나라하게 드러난다. 2021년 전 세계적으로 약 14억 6천8백만 마리의 소와 9억 8천7백만 마리의 돼지, 12억 5천만 마리의 양과 251억 6천만 마리의 닭이 사육되고 있다고 한다. 이처럼 동물이 많았을 때가 있었을까 싶다. 이 공장식 축산업은 윤리적으로 문제가 될뿐더러 환경과 기후에 미치는 부정적 효과도 크다. 〈카우스피라시〉(2014), 〈잡식가족의 딜레마〉(2015) 등 많은 다큐멘터리는 공장식 축산업이 기후위기에 얼마나 부정적인 효과를 주는지 끊임없이 고발해왔다. 몇몇 매체에서는 이때 공장식 축산업과 소가 배출하는 탄소량을 엄밀히 구분하지 않고, 마치 소가 배출하는 메탄가스가 큰 문제인 것처럼 다루기도 했는데, 이는 분명히 구분할 필요가 있다. 남종영의 기사에 따르면, 공장식 축산업과 가축이 모두 배출한 온실가스가 전체 온실가스 배출량의 11.2%라고 할 때, 소가 직접 배출하는 온실가스는 그 가운데 방귀과 트림으로 절반 정도를 차지하지만 소의 방귀나 트림으로 발생하는 메탄은 온실가스 효과는 높아도 몇 년 혹은 십여 년 안에 사라지며, 소가 토양의 질을 높여줌으로써 탄소저장력을 향상시키는 효과가 있다고 한다.[4] 즉, 그가 말한 것처럼 문제는 공장식 축산업이라는 것이 정확해 보인다. 소를 기후 악당으로 몰면서 그 신체마저 개량하려 든다면 주범은 내버려둔 채 애꿎은 동물에게 또 폭력을 행사하는 것과 마찬가지일 것이다.

인간들이 인간들 자신에게 벌인 전쟁과 더불어 공장식 축산업과 도시화는 지구 전체를 대상화한 느린 폭력이나 다름없었다. 그동안의 역사는 이를 폭력이라고 인식하지도 않도록 만들었다. 동물을 대상으로 계속 축적된 폭력의 후유증은 사회 취약계층을 잠식해가고 있다. 비정상적으로 쏟아진 비가 반지하로 쏟아지고 거리의 동물들을 익사시켜버렸듯, 자본권력이 극단적으로 만든 지형에서 동물과 인간은 더는 이분법적으로 나뉘지 않는 것이다. 동물과 인간의 경계가 위기라는 조건에서 혼합되고 있다는 사실은, 그동안의 동물과 인간을 나누는 경계가 권력의 소산이라는 것 또한 알려준다. 롭 닉슨의 『느린 폭력과 빈자의 환경주의』(에코리브르, 2020)는 이를 잘 보여준다. 롭 닉슨은 기후위기가 느린 폭력

4 "소가 자동차보다 '기후 악당'?…주먹구구식 셈법 '억울하다'", 〈한겨레〉, 2023.1.11. 『동물권력』(북트리거, 2022)의 저자이기도 한 남종영 기자는 현재 한겨레에서 기후변화 특별기획으로 기사를 연재 중이다.

의 하나이자 후유증이며 특히 빈자에게 미치는 영향이 크다고 본다. 그가 든 예시 중 1984년 인도 보팔 유니언 카바이드 공장의 가스 유출을 모티프로 한 소설 『애니멀스 피플』(인드라 신하, 2007)이 있다. 이 소설은 인간과 동물의 경계지대, 부자와 빈자의 경제적 경계를 동시에 탐구했다는 점에서 흥미롭다.[5] 이 소설의 주인공인 '애니멀'은 빈자이면서 동시에 화학물질에 의해 날 때부터 유전적 장애를 입은 인물이다. 허리가 굽은 채 네발로 걸어 다니는 이 인물의 묘사를 통해서 작가는 기업과 사회가 만든 느린 폭력의 피해자는 동물과 인간, 빈자임을 보여주고 있다.[6]

공장식 축산업이 동물들을 가둔 비좁은 우리가 마치 고시원과 쪽방을 떠올리게 하듯, 우리가 같은 자본권력의 조건 아래 있다는 사실로부터, 동물은 새로운 의미의 사회적 동물로 재해석된다. 그래서 동물은 이미 우리 안에 있다고 볼 수 있다. 공장식 축산업을 고발하고 사진 찍은 사람들의

---

5 롭 닉슨, 『느린 폭력과 빈자의 환경주의』, 에코리브르, 2020, 100쪽.

6 "애니멀의 굽은 자세는 참담한 신자유주의의 초국적 경제 관계를 구현한 것이자, 그가 문자 그대로 "낮은 삶(low life)", 즉 밑바닥 인생을 살고 있음을, 사회적으로나 해부학적으로 별종이자 이방인임을 말해주는 표식이었다. 그의 신체는 그가 속한 공동체에서 천천히 진행되고 있는 변형, 느린 폭력이 외부적으로 가시화한 결과다. (…) 애니멀은 수치스럽게 "인간"으로 지정되기를 한사코 거부한 채 소설의 거의 대부분에서 인간 외 존재로 남아 있다." 롭 닉슨, 『느린 폭력과 빈자의 환경주의』, 105~106쪽.

르포르타주와 구제역과 조류독감이 돌면서 돼지들과 닭을 산 채로 묻어야 했던 사람들의 이야기, 좁은 수족관에서 머리를 박는 돌고래와 같은 몇 가지 이미지들, 거기에 동물들에 대한 애도가 있다. 구제역 당시 수천 마리의 돼지를 묻었다던 누군가가 아직도 악몽을 간혹 꾸곤 한다는 이야기는 동물에 대한 폭력의 굴레에는 인간도 포함되어 있음을, 기후위기는 그 가시화된 후유증이며 인간의 폭력성을 극명하게 보여주는 조건이기도 하다.

그 동물들의 죽음을 제의로써 애도하는 사람들이 있다. 동물권을 지지하는 활동을 하는 광주의 〈비건탐식단〉이 그러하다. 비건식을 실천하고, 비건식이 가능한 식당들을 탐색하기도 하는 이 단체가 했던 활동 중에는 추석맞이 동물 위령제 및 비건 차례상 차리기가 있었다. 명절마다 희생당한 동물들의 넋을 기리기 위해 소, 돼지, 닭의 사진을 영정처럼 두고 호박, 버섯, 당근, 사과 등을 상에 놓고 차례를 지낸 것이다. 이 상 앞에서 참여자들은 두 번씩 절했고 그 이후 공장식 축산을 하는 업체를 방문하기도 한다. 안티고네가 성 밖에 버려진 오빠의 시신을 장사지낸 것처럼, 동물들의 차례는 죽음 아니었던 것을 비로소 죽음으로 만드는 행위에 가까웠다. 원래는 음식들의 재료가 되었을 이 동물들은 공장식 축산업의 구조 속에서 그저 먹히기 위해 사육되었고 아무도 돌보지 않았다. 비건탐식단의 차례를 통해 비로소 이 동물들이 인간의 먹이만이 아님을 감각하게 된다. 이들의 애도는 아무도 기억하지 않는 동물의 도살을 죽음으로 바꾸었다. 동물을 연민의 대상이 아니라 함께 살아가고 죽어가는 존재로서, 그들의 죽음을 최대한 존중하고 위로하기 위함이다.

2. 고양이-인간과 새-인간 그리고 혐오

인간과 동물이 애도를 통해 혼합되고 정치적으로 연대할 수 있다면, 신체도 연결될 수 있다. 더군다나 서로 반려가 된 동물과 인간은 이미 서로 자본이라는 구조적 조건 속에서 함께 살아간다는 전제를 넘어 물리적인 상호작용을 하고 있는 셈이다. 이들의 신체는 최근 등장하기 시작한 비인간과 포스트 휴먼에 대한 새로운 논의들의 맥락과 함께 있다. 유기체의 경계를 허무는 사이보그라든가, 인간과 동물의 이분법이 아닌, 새로운 반려종으로 우리를 상정하는 도나 해러웨이의 논의가 그것이다.[7] 동물과 인간의 관계를 새롭게 만드는

---

7 이 논의에 대해서는 도나 해러웨이를 참조해볼 수 있다. 도나 해러웨이는 『해러웨이 선언문』에서 유기체와 기계의 이분법을 지양하는 사이보그, 인간과 동물의 구분을 지양한 반려종의 범주를 제안한다. 반려종은 반려동물보다 크고 이질적인 범주이다. 생물학적 유형으로서 종이나, 철학적 유형과 종교적으로 신성화된 종을 넘어서 동물(특히 개)과 사람이 서로에게 소중한 타자가 되면서 살아가는 이들이라고 할 수 있다. 도나 해러웨이, 황희선 옮김, 『해러웨이 선언문』, 책세상, 2016,

이 논의는 더 급진적으로 근대적 인간학의 파기를 시도하고 있다. 사라진 동물들을 애도하는 인간들, 인간과 동물 사이에서 스미고 부대끼는 동물과 사람들 틈에 그녀가 말한 반려종들이 만들어지는 중이다. 반려종들이 만들어졌다는 것으로 문제의 모든 것이 해결되지는 않는다. 여전히 생물들을 계 · 강 · 목 · 속으로 구분하는 것이 당연하며 그 분류가 지식의 지위를 획득하게 됐지만 어떤 종이나 혼합종(잡종)은 배제의 대상이 됐다.

생물을 분류하게 된 건 스웨덴의 식물학자 칼 폰 린네가 『자연의 체계』(1735)를 쓴 이래로다. 린네의 생물분류법은 신의 직계로 간주되던 인간의 우월한 지위를 부정하는 대신, 인간의 이성을 인식의 중심에 두고서 사물을 질서 지웠다. 푸코는 이성이 묶은 동일성과 차이의 분류체계는 그대로 믿어도 될 진리가 아닌, 고전주의 시대 에피스테메의 산물임을 이야기한다. 따라서 과학적이라고 말하던 생물학적 분류는 시대에 따라 '지식'의 성격을 띠는 임의적인 것으로 이해할 수 있다. 시대에 따른 것만은 아니다. 푸코의 『말과 사물』 첫머리, 보르헤스의 텍스트에 인용되었다고 하는 중국 백과사전의 동물에 대한 분류를 보자. "동물이 a)황제에게 속하는 것, b)향기로운 것, c)길들여진 것, d)식용 젖먹이 돼지, e)

134~136쪽.

인어, f)신화에 나오는 것, g)풀려나 싸대는 개, h)지금의 분류에 포함된 것, I)기타, m)방금 항아리를 깨뜨린 것, n)멀리 파리처럼 보이는 것"[8]으로 분류되어 있다. 이러한 중국 백과사전의 분류에는, 푸코의 '경이롭다'는 다소 오리엔탈리즘적인 표현보다는 적나라하다는 표현이 어울리는 듯하다. 종이라는 생물학적 분류는 결국 이성의 동일성과 차이의 논리에 따라 인간과 다른 동물을 지배하는 근대적 작업임을 폭로했기 때문이다.

이후, 파시즘은 인간을 종으로 나누는 것에 모자라 어떤 '인종'을 말살하려고까지 했다. 유대인을 '인종'으로 구분하고 이들을 실제 학살한 역사는 근대의 가장 어두운 장면이었다. 이는 동물에게도 당연히 적용되는 문제였다. 지금에 와서는 생태계의 다양성을 위해 어떤 종을 보호종, 유해종, 침략종으로 지정해 '제거'하기도 한다. 해러웨이에 따르면 이러한 방법은 '죽여도 됨'의 감각을 강화시킬 뿐이다. 종 복원과 생태 복원, 재생의 문제는 너무나 복잡하지만, 인간이 이 문제에 개입해야만 한다면, 책임 있게 대처하기 위해 적어도 죽임에 대해 인간이 무고하다고 주장해선 안 된다고 말한다. 다시 말해, 해러웨이는 동물을 죽이는 행위를 할 때 침략종이나 유해종이라는 말 뒤에 숨지 않기를 바라고, "죽

8 미셸 푸코, 이규현 옮김, 『말과 사물』, 민음사, 2012, 7쪽

여도 되도록 만들지 않기"를 말하고 있는 것이다.[9] 이런 방식의 생태계 조정이나 재배치는 동물 혐오에 거짓된 정당성을 만들어주기도 한다. 길고양이 학대자들이 고양이가 '생태계 교란종', '유해종'이라고 말하면서 변명하듯이 말이다.[10]

동물들 중 고양이는 널리 사랑받고 있으면서도 가장 혐오 받는 동물이다. 길고양이[11]들을 돌보는 케어테이커도 혐오의 대상이 되고 있기도 하다. 길고양이가 끼치는 피해를 막지 않고 도리어 보살핀다고 하지만, 혐오에는 보통 이유가 있는 게 아니다. 로버트 단턴의 『고양이 대학살』은 이 지점에서 다르게 읽을 수 있는 텍스트다. 인쇄소의 악덕 여사장은 고양이를 키우고 있었는데, 노동자들은 밤마다 고양이 울음소리를 내며 사장 부부를 잠 못 들게 했다. 그 결과 사장으로부터 고양이를 죽이라는 지시가 떨어졌다. 인쇄소 노동자들은 사장 부부의 애완고양이 그리스를 포함한 동네 고양이들을 잡아 재판하고 처형시킨다. 이들에겐 이 고양이 살육이 '가장

---

9 도나 해러웨이, 황희선 옮김, 『해러웨이 선언문』, 287~288쪽 참조.

10 길고양이 학대자들의 변명으로는, 길고양이가 생태계의 파괴자이며 외래종인 '유해종'이라 살처분으로 개체 수를 줄여야 한다는 것 외에도 길고양이 TNR이 효과가 없다, 고양이가 화단을 해치거나 차 보닛을 긁는다는 피해를 호소한다. 동물권행동 카라, 「길고양이 돌봄 설문조사 결과 발표 및 세미나-혐오와 갈등을 넘어, 길고양이 복지 향상 및 공존을 위한 활동」, 2022.12.12. 37쪽.

11 도심지나 주택가에서 자연적으로 번식하여 스스로 살아가는 고양이(동물보호법 시행규칙 제13조)

재밌었던 놀이'였다. 부르주아에 대한 복수심과 함께 여사장에 대한 불만, 거기에 고양이로 환유된 여성에 대한 혐오를 충족시키는 학살이었다. 따라서 고양이의 자리에는 어떤 동물이나 소수자도 대입해볼 수 있다. 그곳은 불씨가 주어지면 언제든지 폭력성을 드러낼 수 있는, '죽여도 되는 무언가', 그리고 '죽도록 내버려 두어도 되는 것'의 자리다.

고양이가 인간에게 차별과 혐오를 당해온 역사가 길지만, 고양이와 인간이 서로 친밀한 관계를 가져온 시간도 길다. 그 시간을 보여주듯, 반려묘는 전국에서 207만 마리나 되고, 길고양이들에게 밥을 주고 돌보는 케어테이커들도 많이 늘어나 활동하고 있다. 어느 동물입양가정이나 그렇겠지만, 이들은 고양이와 비말을 나누기도 하고 서로 접촉을 통해 신체를 공유하곤 한다. 이들은 서로에게 반려종이라 할 수 있다. 물리적 접촉뿐 아니다. 고양이와 개는 고화질 카메라에 찍혀 미디어에 수없이 반복 재생산되고 있는 중이다. 확대된 고양이의 얼굴과 몸에 사람들은 반응을 보이고, 촉감을 기억해내곤 한다. 고양이-인간처럼 반려종이 된 사람들에게 이제 문제가 되는 것은 아직 가시화되지 않은 동물들의 생태계를 조성하고 돌보는 일이다. 현재 개-인간과 고양이-인간이라는 반려종이 상대적으로 큰 권력을 지니고 있지만, 초고속 카메라와 쌍안경 신체를 지닌 또 다른 반려종들도 돌봄을 요구하고 있다.

야생 새를 탐사하는 탐조인이 대표적이다. 탐조인들은 망원경이나 초속 240프레임이나 되는 고화질 카메라, 삼각대를 이고 지고 방방곡곡을 다니며 새를 뒤쫓고 촬영한다. 탐조인들은 카메라의 눈을 통해 야생 새들과 눈을 마주칠 수 있게 되었다. 이들은 사이보그이자, 새의 반려종인 것처럼 보인다. 새가 있을 만한 곳을 금방 찾아내고, 새의 울음소리로부터 천적의 존재를 예측한다. 그들 카메라에는 철새들의 집단번식지 갯벌이 간척위기에 처했다거나, 멸종위기종 재두루미가 전선에 부딪히는 사고를 당해 날지 못하는 장면도 찍힌다. 기계장치로 클로즈업된 현장 속에서는 생태위기와 더불어 인간의 책임까지도 포착되었다는 것이다.

카메라를 경유해 새의 다양한 몸짓과 개체를 살피는 이들에게서 야생에서의 죽음은 다시금 정치적으로 재발견되었다. 여기서 최근 발생한 새덕후 유튜버의 문제제기[12]를 언

12 야생조류촬영유튜버 새덕후가 혐오를 의도한 것은 아니다. 그가 올린 영상의 내용인즉슨, 자신 또한 캣대디로서 고양이를 키우는 입장이지만 길고양이들에게 밥을 줌으로써 개체 수가 늘어나면 야생 새들이 위험에 처하게 된다는 것이다. 길고양이 중성화 수술도 큰 효과를 보고 있지 못하며 길고양이 밥 때문에 너구리 등 다른 야생동물까지 도시로 내려와 위험에 처하게 되니, 길고양이들에게 밥을 주지 말아달라고 말했다. 고양이는 사냥본능으로 새를 잡는 것에 불과하지만, 고양이들이 인간에 의해 개체 수가 늘어나게 되어 다른 종에 위기를 불러오는 것이었다. 고양이가 야생 새에 끼치는 영향에 대해서는 알려져 있는 편이었다. 마라도의 천연기념물인 뿔쇠오리를 보호하기 위해 문화재청이 고양이의

급하지 않을 수 없는데, 이 논쟁은 한 새-인간이 길고양이에 사냥당한 야생 새의 죽음을 애도하며 '죽게 내버려두지 말라고' 요청했다는 점에서 의미가 있다. 물론 이 요청이 길고양이들과 케어테이커에 대한 혐오로 소모되었다는 점은 아쉽다. 더군다나 '새덕후'가 영상을 통해서 길고양이들에게 밥을 주지 말라고 직접 해결책을 낸 것도 적절치는 않아 보인다. 해결책이라기보다, 이미 길고양이의 이름까지 지어주며 개체로 감각하게 된 고양이-인간에게 새냐, 고양이냐 하는 종의 구분을 요구하고 윤리적 딜레마의 난제를 넘겨버렸기 때문이다. 혐오의 방해를 넘어선다면, 반려종 간의 정치적 장은 생물, 무생물의 경계를 넘어 확장되어 브루노 라투르가 말한 '사물정치'를 지향해 갈 수 있을 것이다.

대대적인 포획을 검토하고 있다고도 했다. 해당 내용이 온라인에서 이슈가 되면서 '뿔쇠오리 보호가 시급한 만큼 고양이 포획이 당장 필요하다', '고양이 개체 수나 피해 현황 등 상황 파악이 먼저다' 등 다양한 의견이 올라왔다.("마라도 고양이 싹 다 잡으려 했던 문화재청, 왜?", 〈한국일보〉, 2023.1.21.) 마라도 고양이 포획에 근거가 된 것은 과거 사례가 있기 때문이다. 과거 뉴질랜드의 스테판 섬에 등대지기가 고양이 한 마리와 살게 되면서 1년 만에 그 섬에서 살던 야생조류 1종이 멸종한 사례가 있다. 2월 현재 마라도 고양이들은 주민들의 동의하에 섬 밖으로 반출될 예정에 있다.("마라도 고양이 문제 해결되나…주민 '조류 보호 위한 반출 찬성'", 〈연합뉴스〉, 2023.2.12.)

3. 동물에게 권력 부여하기:『동물권력』

이미 인간 외의 어떤 생명체들을 동물이나 식물, 종이나 목으로 묶은 데서 발생한 오해들이 있다. 이 오해는 인간과 동물의 관계를 미리 단절하고 동물을 유리벽과 철창 안에 가두게 했다. 이제 동물을 대상화하지 않기로 할 때, 우리는 그들에 대해 아직 모른다고 가정해야 한다. 동물과 그 생태계는 인간과 무한한 대화를 거쳐야 하는 타자의 자리에 놓여 있다고 볼 수 있다. 대화는 단순히 '말'에 한정되지 않는다. 인간이 동물과 교감을 나눌 수 있으며 나아가 반려종이라는 신체 또한 등장하게 되었으니 말이다. 정동(affect)에 관한 논의들은 이를 뒷받침한다. 그러니까, 대화불가능성은 확신이 아니라 근대적 효율성의 논리에 따른 단정이라 할 수 있다. 동물과의 대화를 포기하게 하고 일방적 착취와 희생을 강요하는 것은 모든 자연과의 관계 내지는 인간과의 관계에까지 통용되는 이야기다. 인간은 이런 탄압 과정에서 저항하고 항쟁하고 죽음을 불사하기도 한다. 동물도 이 단절을 감내하기만 하지 않는다. 돌고래쇼를 하던 제돌이를 고향바다로 돌려보내게 한 기사를 쓴 남종영의『동물권력』은 동물과 인간이 과거에서부터 교감을 이뤄왔고, 교감과 대화가 일방적으로 단절된 상황에서 동물이 어떻게 저항했는지를 보여준다. 동물들에게서 인간이 온통 권력을 앗아갔던 것처럼 보였지만 자세히 살펴보면 그렇지만도 않았다.

인간의 역사가 동물들을 행위자가 아니라 자연 전체를 대상화하려는 오랜 기획이었다고 본다면, 그동안 동물들의 저항을 제대로 설명할 수 있는 담론과 용어는 소거되거나 발명되지도 않았을 것이다. 저자는 이런 한계를 대안적으로나마 맞부딪히려 한 것으로 보인다. 동물들을 재현할 때 노동의 용어를 쓴다거나, 그들을 정동적 존재로 간주하는 방식이다. 저자가 동물을 생물학적 언어로 쓰기를 피하고서, 그들을 행위자로 볼 수 있도록 다리를 놓아준 셈이다. 더구나 기후위기 앞에서 자연은 사회와 분리해서 따로 생각하거나 과학적 대상으로 생각할 수 없게 됐다. 저자는 인간과 동물이 맺어온 관계를 사회적 용어로 재해석하고 있다. 범고래 틸리쿰이나, 1차 세계대전의 비둘기 통신병 셰르 아미, 인간과 대화하는 침팬지는 그동안 동물의 예측불가능한 야생성이나 전쟁영웅, 침팬지의 영리함을 보여주는 이색적 뉴스로만 보여졌지만, 『동물권력』에서는 그 이면과 효과에 집중한다. 그것도 동물이 희생자로만 보이지 않도록 말이다.

『동물권력』이 인간과 동물의 관계를 재해석하는 것이라 할 때, 가장 먼저 보여준 것은 인간과 동물이 공동협업을 하며 서로의 이익을 취하는 협력자로서, 또 다른 곳에서는 인간과 삶을 함께하며 상호의존적인 관계를 지녔다는 것이다. 개와 인간, 농사일을 함께 하던 소와 인간의 관계가 대표적이다. 프랑스의 엘 멩가와 브라질 라구나 마을의 인간-돌고래의 공동어업의 사례는 종간 협력 중에서도 가장 인상 깊은 부분이다.[13] 그러나 대체로 현대사회에 와서 동물은 소비자이기도 하고 상품이며 노동자이다. 이때 동물들은 자본주의의 논리에 따라 무자비하게 소비되고 착취되기도 하지만, 도망가거나 저항하는 방식으로 권력을 행사한다. 이것이 『동물권력』이 주목하고자 하는 부분이다. 특히 저자가 동물들을 노동자들의 언어를 대안 삼아 표현하는 부분에서 그들의 행위자성은 더 명확해진다.

> "태업하는 돌고래들도 마찬가지다. 그들은 노동량을 줄이기 위해 의도적으로 돌고래쇼의 일부 코너를 생략한다. 반대로 먹이를 더 먹기 위해 일부러 같은 행동을 반복하는 식으로 돌고래쇼를 늦추기도 한다. 돌고래쇼에서는 한 동작을

---

13 『동물권력』이 이 사례를 서술하는 가운데 놀라운 것은, 이 공동사냥의 기술이 돌고래들 사이에서 대를 이어 학습까지 되고 있다는 것이다. "1994년 연구원들은 흥미로운 장면을 목격했다. 어미 돌고래 한 마리가 여섯달 된 새끼를 데리고 나타났다. 공동 어업이 벌어지고 있는 현장이었다. 이날 이 돌고래는 모두 여섯차례 공동 어업을 했는데, 맨 처음 두 번은 새끼가 뒤에서 어미의 공동 어업을 지켜보는 것처럼 보였다. 그다음 세 번은 숭어 떼를 어부 쪽으로 몰아내는 어미 옆을 새끼가 줄곧 따라다녔다. 마지막 사냥에서는 드디어 새끼가 나섰다. 새끼가 어미를 뒤에 남겨 두고 집적 숭어 떼를 몰며 인간 어부에게 향했다. 어미 돌고래는 몇 미터 뒤에서 지켜볼 뿐이었다." 남종영, 『동물권력』, 북트리거, 2022, 46~48쪽.

완수할 때마다 보상용으로 생선을 주기 때문에 이렇게 함으로써 돌고래는 더 먹을 수 있다."(『동물권력』, 115쪽)

노동량을 줄여보려는 돌고래의 행동 그리고 때로는 더 보상을 얻기 위해 행동을 반복하는 돌고래의 모습이 익숙하게 느껴진다. 노동과 태업, 저항과 같은 말들이 동물들에게 적용되지 않을 이유가 없었다. 돌고래가 건성으로 물을 튀기거나, 태업하는 데서부터 '소울리스'한 노동자를 떠올리게 되는 게 과한 상상은 아닐 것이다. 쇼가 끝나고도 집에 가지 못하고 좁은 수족관에서 휴식해야 하는 돌고래에게 태업은 너무나 당연하다. 처참한 노동조건은 동물들이 저항하게 만들고 있었다. 이 저항을 훈련사의 역량 부족이라고 본다면, 마치 노동자의 파업에 대해 제대로 진압하라거나 당장 통제하라고 말하는 것과도 같을 것이다. 현대사회에서 인간과 겹쳐지는 동물들은 이 동물-노동자만은 아니다. 인간이 전장에 동물들을 징발하고 실험했던 역사적 사례들은 굉장히 많다. 개를 훈련시켜 폭발물 제거 임무를 맡게 하는가 하면, 탈레반과 이라크군은 개를 이용한 자살 폭탄 테러를 시도한다.[14] 간혹 동물들에게 계급을 주고, 공을 세운 동물을 영웅으로 대접하기도 하지만 저자는 이 동물들이 과연 영웅이

14 남종영, 『동물권력』, 225쪽.

되고 싶어 했을지를 묻는다.

동물들의 저항은 인간과 동물이 한편으로는 적대할 수밖에 없더라도 다른 한편으로는 나란히 연대할 수 있는 존재라는 것을 알려준다. 그 연대는 인간에게 편안한 방식으로는 이루어지지 않을 것이다. 『동물권력』은 동물이 일방적으로 희생된 역사가 반복되지 않기 위해 인간이 동물에 응답하고, 더 가까워져야 한다고 말한다. 인간의 실험과정에서 문명화에 노출됐지만 버려진 루시, 그리고 그 침팬지 루시를 위해 6년간 섬에 머물렀던 재니스 카터의 사례는 그 실마리가 된다. 인간은 동물을 소유하는 게 아니라 교감할 수 있는 동료로 맞아들이고 응답할 수 있다는 것. 동물도 기꺼이 인간을 맞아들일 수 있다는 것이다. 정동이 그렇게 만든다. 해러웨이의 '아기 대신 친족을 만들라'는 유명한 말이 다시 떠오른다.

김서라

전남대학교 대학원 박사과정(철학)을 수료했다. 광주 · 전남 일간지 〈광남일보〉에서 2021년 미술평론 당선. 광주의 예술가, 연구자들이 모인 '광주 모더니즘' 연구공동체 일원이자, 광주에서 나고 자란 청년여성연구자. 공간정치와 지역의 문화에 대해 관심을 두고 연구하고 있으며, 광주 모더니즘 안에서 멤버들에 기대어 가며 겨우 지역에서 산다는 것이 어떤 의미인지 배워가고 있다.

eseora@naver.com

쌀, 계란, 참기름에 관한 소고

정은정

쌀과 계란, 참기름은 상비약처럼 갖추어놓는 식재료다. 저 세 가지 식료에 김까지 보태서 아이를 길러 나온 집이 어디 한둘인가. 쌀밥에 계란부침 얹고, 참기름 넣어 간장이나 고추장으로 비벼 가난한 자취생의 시절을 건너가고 있는 청년들도 여전히 있을 것이다. 감자탕이든 해물탕이든 어떤 음식을 먹든지 밥을 비비거나 볶음밥으로 끝내는 한국의 외식문화를 들여다본다. 배가 부를 대로 불러도 마지막엔 꼭 쌀밥에 참기름, 여기에 김가루나 밥을 볶아 먹어야만 그제야 거한 외식이 마무리되는 것은 한국의 외식문화가 갖는 독특한 풍경이다.

하지만 쌀과 계란, 참기름의 운명은 어디에서 와서 어디로 흘러가고 있는가. 한때는 밥상에서 가장 귀한 식료였고 농촌에서 현금과 맞바꿀 수 있는 환금성을 가진 소득작물이었다. 국가가 힘을 실었던 벼농사와 양계업은 이제 한국 농업에서 천덕꾸러기 신세를 면치 못하고 있다. 참깨는 현재 국내 자급률이 8% 내외로 단 한 번도 충분한 적이 없었다. 국산 참기름은 말할 것도 없고 이제 중국산 참깨이기만 해도 상품(上品)으로 친다. 한국인의 밥상 '삼총사'의 굴곡진 운명은 지금 우리의 밥상 사정을 들여다보기에 알맞다.

풍년이 오니 괄시받는 쌀

쌀을 표현하는 또 다른 말은 주식으로 삼는 곡식이라 하여 주곡(主穀)이라고도 하고, 양식으로 삼는 곡물이라 하여 양곡(糧穀)이라는 말도 쓴다. 쌀, 보리, 밀도 주곡에 포함되긴 하지만 한국에서 주곡과 양곡은 쌀 자체를 의미한다. 고령 농민들의 말이지만 쌀은 순곡(純穀)이라 하며 쌀을 제외한 나머지 곡식을 '잡곡'이라 부른다. 보리는 한때 중요한 양곡으로 1960년대 초반 1인당 40kg을 소비했으나 2004년 이후 1.1kg 정도를 먹는다. 하여 주곡이 아닌 잡곡으로 분류된다. 기실 현재 잡곡으로 분류되는 곡물이 쌀보다 값어치가 더 나가지만 여전히 쌀만이 주곡이고 양곡의 지위를 갖는다. 1998년 충청북도 청원군 소로리 유적지에서 재배 흔적이 뚜렷한 고대 볍씨가 발견되면서 약 1만 2천5백 년 전에도 벼농사를 짓고 있었다는 것이 증명되어 있지만 일찍부터 벼농사를 지었다 하여 쌀이 충분했던 것은 아니다. 주곡이지만 맛볼 수 없던 갈급의 대상이 쌀이다. 쌀을 가진 자와 쌀밥을 먹는 이가 부와 권력을 가진 이들이다. 쌀은 곡식이자 화폐였고 납세의 기준값이다. 여전히 농촌에서는 임차농이 도지(賭地)를 얻을 때 쌀 시세를 기준으로 값을 치르는 곳들이 많다. 벼농사는 수리관개시설과 집단노동이 필요한 농업으로 필연적으로 관 주도의 성격을 띤다. 하지만 왕조는 붕괴하고 식민지와 전쟁을 겪으면서 논농사의 기반은 무너져버린 뒤, 농촌재건의 방향은 오로지 쌀 증산으로 향했다.

1970년대까지 쌀 증산을 위해 경지정리와 간척지 개발, 관개시설 구축에 매진했다. 갯벌의 생태적, 경제적 가치를 그 당시에는 몰랐다. 새만금사업이 갈피를 못 잡고 혼돈에 빠진 이유가 오로지 '쌀 증산'에만 몰두했던 탓이다. 벼품종의 육종의 방향도 수량성을 높이는 데에 힘을 썼고, 대표적인 품종이 1971년 도입된 통일벼다. 남북한 냉전체제에서 유치하다 싶을 정도로 서로 쌀을 더 많이 먹고 있노라 선전전을 펼치던 시대, 맛은 없지만 다수확 품종인 통일벼는 '정부미'라는 이름으로 국가가 수매하고 관리했다. 하지만 희고 차진 밥맛을 좋아하는 한국인들에게 정부가 권장한 통일벼, 즉 정부미는 가난한 이들이 먹는 쌀, 영세민 배급 쌀, 군인들이나 먹는 하품의 쌀로 취급했다.

통일벼 도입 과정에서 농민들은 쉬이 재래종(일반미) 벼를 포기하지 못하여 당시 정부가 강제적으로 통일벼를 심게 했다는 증언은 수두룩하다. 서슬 퍼렇던 박정희 시대에도 농민들은 통일벼를 쉽게 받아들이지 못했다. 실험실 밖으로 나와 새로운 종자가 보급되려면 정보와 기술 습득이 필요하다. 특히 쌀의 경우에는 위상부터가 다른 농작물이다. 한번 망치면 가정경제에 치명적이기 때문에 당시 농민들은 통일벼 심기를 저어했다. 하지만 전방위적인 권농작업이 펼쳐진 데다 정부가 추곡수매의 형태로 나락을 전량 매입하면서 판로가 확보되니 통일벼 농사를 마다할 이유가 없었다. 그러다 1977년을 기점으로 쌀 생산량은 목표치를 넘어서고 경제 발전과 더불어 '일반미' 선호도는 더 높아졌다. 일본의 '아키바레(추청)' 품종이 경기평야 일대에 넓게 재배되면서 '경기미'와 '아키바레'가 같은 의미로 쓰였다. 억지로 먹어야 하는 사람들 말고는 정부미는 팔리지 않았고 점점 더 통일벼의 수매량을 줄이다 1992년 정부수매가 종료되면서 더 이상 통일벼 농사를 지을 이유가 사라졌다.

한 국가의 농업이란 국가와 농민들 사이의 밀고 당기기, 소위 '밀당'의 과정을 거친다. 농민과 국가의 관계는 서로 믿을 수 없으면서도 국가 단위의 계획 속에서 이루어져야 하는 산업의 특성상 농민도 국가에 의지할 수밖에 없는 '미워도 다시 한번'의 관계이기도 하다. 농민들은 가장 자신 있게 지을 수 있는 작물을 선택하고 자기만의 경험치를 체계화해 실패의 가능성을 줄여나가는 방법을 택한다. 그래서 새로운 품종을 받아들이는 데 시간이 걸린다. 적어도 먼저 심어본 사람들이 괜찮다는 말 한마디가 있어야 그때부터 움직인다. 근래 '품종 독립'을 내걸고 일본쌀 품종을 대체할 '참드림' 품종은 경기도 일대에 아키바레 품종을 빠르게 대체하고 있다. 맛도 좋고 독립운동 스토리텔링도 나쁘지 않아 농민들로서는 마다할 이유가 없기 때문이다.

2022년은 극적인 영양전환의 원년이다. 국민 1인당 연간 쌀 소비량이 56.7kg으로 하루에 공깃밥 한 그릇 반도 되지 않는다. 30년 전인 1992년에는 1인당 112.9kg의 쌀을 먹었다고 하니 39년 만에 반 토막이다. 반면 2022년 3대 육류(돼지고기, 소고기, 닭고기)의 1인당 소비량이 58.4kg이다. 2022년은 주식인 쌀과 고기가 역전된 첫해로 쌀은 주식의 지위를 유지할 수 있을 것인지 질문이 던져진 해다.

현재 쌀의 자급률은 2020년 기준으로 92.8%, 식량자급률을 그나마 견인하는 것은 쌀의 역할이 크다. 쌀을 제외하면 한국의 곡물자급률은 20%대를 유지하기도 벅차다. 진보적 농민운동진영에서는 2022년 현재의 곡물자급률을 18.5%로 보고 있다. 그동안 감자나 고구마와 같은 서류작물은 수분 증발을 계산한 건체중량이 기준이었다. 농림축산식품부가 20%대를 만들기 위해 수분을 포함한 생체 기준으로 잡으면서 중량계산이 늘어난 것으로 본다. 건체든 생체든 무엇을 기준으로 삼든 한국의 식량 자급률은 아슬아슬하다. 하지만 쌀산업을 언제까지 보호하느냐는 말이 정치인과 대통령 입에서까지 거리낌 없이 터져나온다.

2022년 윤석열 정부가 들어서고 여야가 정면으로 충돌한 문제가 '양곡관리법'이다. 양곡관리법은 쌀 가격을 지지하기 위한 시장격리제 도입에 대한 내용을 담은 법안이다. 쌀 생산량이 수요예측량보다 3% 이상 높거나, 쌀 가격이 과거 5개년 평균보다 5% 이상 떨어졌을 때 정부가 의무매입하는 것이 골자다. 양곡관리법 개정안을 더불어민주당이 상정시키는 과정에서 여당인 국민의힘은 포퓰리즘이자 공산화법이라 맹렬히 반대에 나섰다. 농림축산식품부 장관마저도 벼농사는 기계가 다 지어주는데 쌀까지 정부가 사주면 쌀농사를 더 지으려 들 것이라며 양곡관리법을 반대하고 나섰다. 윤석열 대통령도 양곡관리법 개정안 거부권 행사를 할 수도 있다며 압박하고 있다. 농업계에선 보기 드물게 여야가 농업의제로 싸우니 차라리 관심이 집중되어 반갑다는 말까지 나온다. 그러나 주목해야 할 것은 정치인들이 더 이상 농촌의 눈치를 보지 않는다는 점이다. 그동안 농촌 지역구 국회의원들은 대체로 여야를 떠나 이해관계가 맞물리는 경우가 많았다. 하지만 이번 양곡관리법 개정안을 두고 여야가 대치하면서 논농사가 많은 호남과 상대적으로 논농사 규모가 작은 영남지역 간 대결이라는 촌평이 나올 정도다. 농촌 지역구는 유권자가 적어도 정치적 영향력이 있었지만 이제 농촌의 영향력은 제한적이라는 판단도 들어선 듯 보인다. 과소지역이 많아 교류도 없는 지역끼리 선거구가 합쳐지고, 고령 유권자들의 정치적 입김은 약해졌기 때문이다. 출향한 자손들도 고향과의 연계성을 갖고 선거를 바라보았지만 이제 자신이 사는 지역의 부동산 개발과 같은 경제적 사안이 더 중요하다.

쌀에 대한 입장 변화는 정치인들뿐만 아니라 농민들의 입장도 갈라졌다. 진보/보수를 떠나 농업관련 조직들은 그동안 쌀값 보장에 있어서만큼 한목소리를 내왔다. 자신이 쌀농사를 짓지 않더라도 농촌경제의 근간이 쌀이기 때문이다. 게다가 좁은 농촌지역사회에서 각종 단체활동은 겹치기 마련이고 서로 잘 아는 지역주민들이다. 그런데 몇몇 보수적 색채를 띤 농업단체 지도부들이 쌀 시장의무격리제를 전제로 한 양곡관리법 개정안을 반대한다고 나섰다. 쌀 중심의 농업지원정책이 타 작물을 재배하는 농민들에 대한 역차별이라는 이유를 들었고 장기적으로 농업발전에 도움이 되지 않는다는 견해였다. 지역 회원들이 협의도 없이 진행된 일이라며 지도부에 대한 반발이 이어지고 있지만 이런 분열은 더욱 잦아질 것이다. 1986년 우루과이라운드(UR) 체제에 편입되면서 농촌사회 내부에서의 양극화와 분열을 겪어왔고 이번 양곡관리법 개정안을 둘러싼 분열은 하나의 증거일 뿐이다.

아무리 쌀 소비가 줄어들더라도 쌀은 경제적 측면에서

만 다룰 수 없다. 위에 적었듯 현재의 농업과 농촌이 쌀 중심으로 꾸려져 온 이유는 정부가 추진해 온 농업정책과 농민들의 조응 결과이지 농민들이 독단적으로 밀고 나온 것이 아니다. 무엇보다 초고령화 상태의 농촌에서 벼농사는 기계화율이 높아 고령 농민이 농사를 지어 소득활동을 이어갈 수 있는 유일한 작물이다. 사회적으로도 주곡인 쌀이라도 그나마 확보하고 있다는 것은 시민들에게 안정감을 준다. 기후위기의 시대에 전쟁이나 자연재난으로 생존의 위기가 현실로 성큼 다가올 수 있다는 것도 시민들도 잘 알고 있다. 농촌경제연구원의 〈2022년 농업 · 농촌 국민의식 조사〉에서 보면 농업 · 농촌의 공익적 기능을 유지 · 보전하기 위한 추가 세금 부담 의향을 묻자 도시민 65.7%가 찬성했다. 의외로 세금 부담 의향은 2020년 이후 증가 추세다. 특히 도시민들이 먹거리 확보 차원에서라도 농촌이 지켜져야 한다 답했다. 비록 먹거리 생산 공간으로 농촌을 한정 짓는 한계가 있더라도, 도시의 생존을 위해서라도 더 이상의 농촌 축소를 바라지 않는다는 의향을 읽을 수 있다.

물론 역대 정부부터 현정부까지 쌀 정책에 있어 고민이 결코 가볍지 않다. 식량 확보와 물가안정을 위해서라도 쌀은 포기할 수 없는 작목이다. 하지만 소비감소라는 현실도 타개해야 한다. 이에 논에 쌀 대신 콩이나 사료작물 등을 심으면 지원금을 주는 '논타작물재배지원사업' 같은 제도가 대표 쌀 감산 정책이다. 밥 대신 빵이나 라면은 많이 먹는 세상이니 밥쌀 대신에 '가루쌀(분질미)'을 재배해 밀가루를 대체한다는 계획을 윤석열 정부의 핵심 농업정책이다. 하지만 농업 현장에서는 일관성 없는 농업정책을 믿지 못한다. 역대 정부에서 국내산 밀(우리밀)의 자급률을 10%까지 올려 수입 밀을 대체하겠다 했지만 외국 밀과의 가격차이를 메울 길을 만들지 못해 현재 국산 밀 자급률은 1% 내외다. 이에 국산 밀 재배 농가는 생뚱맞은 분질미 정책보다는 실효성 있는 '우리밀 정책'을 세우라 비판하고 있다. 하여 분질미 권농도 정부가 지금은 정책이 옳다는 것을 증명하기 위해서 많은 지원을 하겠지만 나중에는 소비자들의 수요가 없고 생산 단가가 맞지 않는다며 접을 사업이라는 의심을 거두지 못한다.

평등한 단백질, 계란의 속사정

닭, 돼지, 소를 3대 육류로 분류하지만 한국에서 자급 가능한 축산물은 계란이다. 전쟁의 폐허 위에서 가난한 나라에서 도전할 수 있는 축산 분야는 양계업이다. 사람 먹을 것도 모자란 판에 대가축인 돼지와 소를 기를 만한 사료를 대는 것은 매우 어려운 일이다. 하지만 양계는 소나 돼지만큼 사료를 많이 먹지도 않을뿐더러 부업으로 삼아 계란과 고기 모두를 얻어 식생활에도 도움을 얻고 가정경제에도 보탤 수 있었다. 1950년대 휴전 전후로 미국 경제협력국(Economic Cooperation Administration, E.C.A)에서 '레공닭'이라 불렀던 백색 레그혼종과 뉴햄프셔종 종란 210,000개를 도입해 전국 농가에 보급한 것이 한국양계업의 본격 시작이었다. 땅뙈기는 좁고 유기물은 부족했던 당시, 닭은 유용한 가축이었고 계란은 귀한 축산물이었다. 사료산업이 발전하지 않았던 1960년대까지는 축산물 생산량도 많지 않아 1인당 계란 소비량이 1년에 서른 개 남짓이었으나 지금은 1인당 268개 정도를 먹는다. 60년 만에 9배 넘게 소비량이 늘었지만 돼지와 소, 닭고기에 밀려 계란 소비량은 정체되고 있어 계란생산단체에서는 계란 소비 진작을 위해 안간힘을 쓰고 있다. 계란은 닭, 돼지, 소처럼 요식업으로 확장될 여지가 없고, 원물 그대로 섭취하거나 가공식품의 1차 원료이기 때문에 부가가치가 높은 산업이 아니다. 1970년대까지 알과 닭 두 가지 목적으로 기른 육성된 '난용겸용종' 닭을 길렀지만 이후 고기닭(육계)과 알닭(산란계)은 분업화되면서 산란계는 정체 상태다. 치킨을 더 많이 먹고 돈이 더 되기 때문이다. 현재 산란계업은 고령화가 가장 심한 축산부문이며 영세한 규모의 농장이 많다. 축산업의 축종별 외국인노동자 상시고용 실태를 보면 양돈과 한우는 상시고용 형태로 외국인노동자를 고용하지만 산란계업은 일용직 형태의 미등록외국인노동자

(불법체류자)를 때에 따라서 고용하는 형태로, 그만큼 열악한 상황이다.

계란은 요리도 쉽고 가격도 저렴한 데다 신선육류에 비해 저장성도 뛰어난 편이다. 냉장유통 계란은 냉장고에서 두 달 정도 보관이 가능하다. 많이 기르고 과하게 먹는 육식문화에 대한 성찰을 해야 한다지만 고기 소비의 패턴을 보면 속내는 조금 복잡해진다. 2021년 국립축산과학원에서 시민 1,500명(1인가구 450명, 주부 1,050명)을 조사한 〈축산물소비트렌드〉 보고서를 보면 300만원 이하의 가구와 600만 원 이상 가구의 소고기 취식 빈도에는 차이가 난다. 소고기를 월 1~2회 섭취를 한다는 응답이 38.3%로 나왔지만 이는 평균값이고, 주 1~2회 섭취량을 보면 고소득가구는 44.4%, 저소득가구는 그 절반인 22.8%다. 고급부위로 취급받는 구이용 소비와 국내산과 수입산 소비도 소득별로 섭취 구간이 나뉘었다. 소고기보다는 빈도 차이가 크게 벌어지지 않지만 돼지고기도 소득 구간에 따라 섭취 양상이 갈라진다. 하지만 계란만큼은 소득별 차이가 적다. 계란을 주 3회 이상 먹는다는 답변이 30% 정도로 소득별로 거의 균등했다. 다만 가격이 비싼 동물복지계란이나 유정란 소비는 역시 소득별로 차이가 큰 편이다. 그래도 계란만이 현재 평등한 동물성 단백질이다. 쌀과 계란, 이 두 가지만이 소득에 크게 휘둘리지 않는 식품이다. 이는 자급률이 그나마 받쳐주기 때문이다.

한국은 하루에 4,500만 개의 계란을 먹는다. 빵과 과자, 라면 등 가공식품의 필수 원료다. 평소에 귀한 줄 모르다 가격이 오르면 가장 민감하게 반응하는 대표적인 식품도 계란이다. 계란 값은 조금이라도 오르면 저소득가정에 영향을 끼친다. 한계소득에서 그나마 고를 수 있는 '고기'가 계란이기 때문이다. 2017년 고병원성조류인플엔자(AI)로 계란 한 판에 1만 원까지 육박한 적이 있을 때 가정뿐만 아니라 식품업체도 계란 수급에 상당한 고충을 겪었다. 하지만 2023년 1월 기준으로 하루에 계란 생산량은 4,500만 개를 훨씬 넘어 하루에 필요량보다 3, 40만 개의 계란이 생산되고 있다. 당연히 계란 값은 떨어지고 환율과 고유가로 생산비는 치솟아 있어 생산자들의 경영 압박이 상당히 심한 상태다. 계란 수급에 결정적 영향을 주는 AI가 올겨울에는 고만고만하게 넘어가고 있는 덕분이기도 하다. 그동안은 AI가 발생한 농장 반경 3km 안에 있는 모든 가금류가 혹시 모를 바이러스의 노출에 대비하여 예방적 살처분 대상이었지만, 가축방역 준칙이 바뀌어 이제는 1km 이내로 살처분 범위가 좁혀져 죽어나가는 가금류도 줄었다. 살처분 반경이 줄었다는 것은 그만큼 한국의 가축방역의 역량이 쌓였다는 뜻이다. 여기에 축주들의 재산권 보호와 동물권 보장에 대한 문제제기를 해온 덕분이다. 하지만 정작 엇박자를 낸 것은 정부였다. 지난 1월 10일 계란이 모자라기는커녕 과잉생산으로 가격 하락을 우려하던 중에 느닷없이 스페인에서 계란 121만 개를 수입해 왔다. 하루에 계란 4,500만 개가 필요한 나라에서 고작 121만 개를 들여와서 어떤 실효성이 있지도 않다. 명분은 고병원성 AI가 창궐할 때를 대비해 본다는 것이었지만 올겨울 정작 계란 값으로 곤란을 겪는 곳은 미국과 유럽이었다. 고병원성 AI가 돌아 계란 수급에 상당히 어려움을 겪었기 때문이다. 한국엔 계란이 넘쳐나는데 굳이 AI의 위험이 있는 유럽에서 계란을 들여온 이유는 무엇일까. 스페인산 계란의 소매가는 홈플러스 기준으로 한 판당 5,990원으로 6,780원에서 6,980원인 국내산 계란과 약 1,000원 정도 차이였다. 어찌 됐든 국산 계란보다 싼값을 만들어냈다. 하지만 수입 계란에는 값이 숨어 있다. 항공물류지원 한 판당 5,000원, 검역비 및 포장비 1,500원, 수입업체와 유통업체 마진 500원 정도를 붙이면 한 판에 12,000원대 정도로 원가가 추정된다. 나머지 손실은 세금으로 충당하는 일이다. 생산자들은 고물가 상황에서 명절 민감품목인 계란 값을 정부가 잡고 있다는 신호를 보낼 뿐 121만 개의 계란으로 물가를 잡을 수도 없고 중언이지만 계란 값은 폭락을 고민할 시점이었다는 것이다. 대개 농산물 수입은 농민들의 반발 때문에 조용히 이루어지지만 이번 계란 수입만큼은 대대적으로 보도자료를 뿌리고 언론에서도 비중 있게 다뤘다. 이에 산란계협회는 수입 계란 가격을 억지로 끌어내려 놓고 사정 모르는 소비자들은 국내산 계란은 왜 이리 비싸냐며 속없는 소리를 하지 않겠느냐며 분노했다. 계란 속도 모르면서.

참기름 한 방울이 어디 쉬우랴

참기름은 언제나 귀했고 참깨는 유사 이래 충분히 공급된 적도 없다. 건조하고 뜨거운 날씨를 좋아하는 참깨의 성질 때문에 여름에 고온다습한 한반도에서 참깨 농사는 매우 어렵다. 게다가 기름을 짜는 착유기술은 더욱 까다로웠다. '깨알같이' 작은 깨에서 전기와 같은 동력 없이 축력(畜力)이나 인력으로 기름을 짜는 일이 어디 쉽겠는가. 하여 참기름 한 병 찬장에 갖추고 사는 세상은 쉽게 오지 않았다. '녹색혁명'을 통해 농약과 비료로 농업 증산에 성공했어도 참깨만은 늘 어려웠다. 참깨는 5월에 심어 9월에 수확한다지만 농업기술원에서조차 종자마다, 지역마다 편차가 커 생산자들이 알아서 잘 판단하라 말할 정도다. 특히 수확시기에 비가 내리면 참깨가 꼬투리에서 터져버려 소출도 없이 헛고생만 하는 경우가 많아 가정 소비용으로나 조금 길러 먹고 남으면 파는 정도였다.

참기름은 한우와 꿀과 더불어 신뢰도가 가장 낮은 식품이다. '가짜 참기름' 사건은 식품위해 사건 중 가장 흔한 사건이다. 지금의 가짜 참기름은 원산지를 속이고 국산 참기름으로 둔갑을 시키는 정도다. 그러나 1960년대부터 1980년대 후반까지 식용유에 참기름을 섞어서 파는 것은 초짜 수준이고, 깻묵에 물과 기름을 부어 되팔거나, 사람이 먹을 수 없는 화학용제들을 넣어 제조하는 범죄를 저지르는 경우도 많았다. 이에 식품업체들도 어차피 참깨는 늘 모자라고 수요는 많으니 차라리 식용유에 참기름향을 입히는 유사 참기름을 식품으로 허가해달라는 요구까지 이르렀다. 당시엔 황당한 요구였지만 지금 요식업계에 널리 쓰이는 '향미유'의 원조라고도 할 수 있다.

국내산 참깨는 공급이 달리는데 사람들은 참기름 냄새에 집착하니 농산물 수입품목에 참깨가 일찌감치 자리를 잡았다. 그 이전에도 밀수가 성행했으나 1969년 참깨에 흉년이 들어 정부가 나서서 인도와 인도네시아에서 참깨를 들여왔다. 1970년대 들어서는 태국이나 대만을 통해 간접무역으로 중국산 참깨를 들여왔다. 특히 외항선 선원들은 자가 소비용으로 3kg 정도의 깨를 들여올 수 있었는데 참깨 밀수의 온상이 이런 외항선이었다.

1980년대 들어서 농산물 수입자유화의 기조와 더불어 급격한 이농현상으로 농촌엔 만성적인 노동력 부족 상태였고, 품이 많이 드는 참깨 농사는 단연 뒷전이었다. 중국과 정식 수교를 맺은 뒤에는 중국에서 참깨를 대만을 거치지 않고 들여올 수 있었고 참기름은 더욱 흔해졌다. 그러나 지금은 중국산 참깨마저도 상당한 귀품이다. 중국도 공업화와 도시화 현상에 따라 탈농 현상이 가속화되었기 때문에 참깨 농사를 예전만큼 짓지 않기 때문이다. 하여 현재 한국의 참깨 수입국 1위는 인도이고 수단이나 아프리카 등지에서도 참깨를 수입하고 있다. 워낙 신뢰도가 낮은 식품이다 보니 식품기업에서 브랜드 신뢰도를 앞세워 참기름 사업에 뛰어들었다. 1976년 동방유량이 참기름 사업에 뛰어든 이래 내로라하는 식품기업들이 앞다투어 참기름 사업을 하고 있다. 대량생산이 가능한다는 것은 원료 수급이 대량으로 이루어진다는 것이고 이는 국내자급 기반이 아닌 글로벌 무역에 의존한다는 뜻이다.

참깨농사는 전형적인 여성농민들의 노동집약형 농사다. 밭에 쪼그리고 앉아 호미로 풀을 매고 낫으로 벤다. 깨가 다 익으면 저절로 터져버리기 때문에 미리 베어내 일종의 후숙 과정, 즉 건조를 시켜야 한다. 그렇게 비를 피해 말린 깻단을 일일이 막대로 털어야 하는 매우 번거로운 농사다. 그나마 지금의 여성농민들이 근력이 있었을 때 10% 선의 자급률을 유지했지만 지금은 8% 선도 아슬아슬한 상태다. 워낙 생산량도 적고 생산지는 흩어져 있어 산지화도 어렵고 유통도 어려운 작목이 참깨다. 다른 작물에 비해 참깨 종자 육종과 보급이 활발하지 않았던 이유도 농가에서 참깨 농사를 지을 여력이 없기 때문이다. 농사 규모가 적으니 자가채종, 자가 소비의 형태가 굳어져 민간 육종업자도 뛰어들지 않은 분야가 참깨 분야다. 다만 올해 처음 보급하는 신품종 참깨 '하니올'은 기계수확이 가능하도록 '내탈립성', 즉 익어도 꼬투리에서 떨어지지 않고 잘 붙어 있는 붙임성을 강화한 품종이다. 최근 종자 육성의 흐름은 기계화, 즉 노동력을 덜어주는 방식으로 이루어지고 있다. 종자개량의 방향은 하나의 트렌드라기보다는 농업의 현 실태를 반영한다.

참깨는 늘 부족하건만 음식문화는 반대로 흘러왔다. 많은 음식이 참기름향 범벅이다. 쌀은 너무 안 먹어 탈이건만 참기름은 그 반대다. 고기를 찍어 먹는 기름장도, 조미김에 바르는 기름도 각종 음식에 들어가는 참기름향은 업소용 향미유들이 채우고 있다. 국내산 참기름은 더욱 귀해져 고급식료품의 지위를 누리고 있다. 친환경식품을 취급하는 생활협동조합에서도 국산 참깨 수급이 어려워 중국산 참깨를 들여와 참기름을 생산하자는 논의까지 붙여져 생산자들의 반발을 사기도 했다. 아예 모 생협은 유기농 인도산 참기름을 팔고 있을 정도다. 참기름 한 방울 얻기가 이리 어렵고 참깨 농사지어 깨를 털 농민들도 점점 더 늙고 줄어드니 참기름의 운명은 그 누구도 기약할 수 없다.

한때는 모자라 갈급의 대상이었던 쌀은 이제 천덕꾸러기다. 하여 쌀은 증산이 아닌 감산 정책으로 돌아섰다. 쌀밥에 대한 욕구가 현저히 떨어진 지금은 농사는 자기들 마음대로 지어놓고 왜 팔아달라 떼를 쓰느냐며 농민들을 몰아세운다. 한때 선진농업의 상징이었던 양계업은 정부가 가장 만만하게 다루는 축산업이고, 고령의 양계 생산자들은 정부의 부당한 처사에도 대항할 힘이 없다. 참깨 농사는 농민의 노동력에 전적으로 매달려야 하는 농사지만 지금 한국의 농업·농촌은 참기름 한 방울 짜낼 기력이 다한 상태다. 오늘은 참깨가, 내일은 팥과 녹두가 그렇게 사라질 것이다. 하여 오늘 먹은 것을 내일도 먹을 수 있을 것이라는 상상은 순진하고 나른하다.

정은정
농촌사회학 연구자. 『대한민국치킨展』, 『아스팔트 위에 씨앗을 뿌리다 - 백남기 농민 투쟁 기록』, 『밥은 먹고 다니냐는 말』 등을 썼다. 농촌과 먹거리, 자영업 문제를 주제로 일간지와 매체에 글을 쓰고 있다. 라디오와 팟캐스트 〈그것은 알기 싫다〉에 나가 농촌과 음식의 이야기를 전하는 일도 겸하고 있다.
chong.eunjung@gmail.com

∞ 쟁점-서평

새로운 사회학적 연금술에의 요구, 화려한 실패의 하버마스 스캔들

『하버마스 스캔들』, 이시윤 지음, 파이돈, 2022

김건우

들어가기: '화려한 실패'의 스캔들

『하버마스 스캔들』은 이시윤 박사의 서강대학교 사회학과 박사학위 논문 「하버마스 네트워크의 형성과 해체-딜레탕티즘과 학술적 도구주의는 어떻게 하버마스 수용을 실패하게 만들었는가?」(2021.6.)를 수정, 보완한 책이다.[1] 박사학위와 책 제목을 비교해보면, '스캔들'이라는 말은 곧 하버마스 수용의 실패에 관한 것이고, 이는 '하버마스 네트워크의 형성과 해체'의 과정을 지칭하며, 그 근거는 딜레탕티즘과 학술적 도구주의라는 것을 추정할 수 있다. 학술장을 대표할 정도로 화려했지만, 그 학술장이 순식간에 사라져버렸기 때

---

1 이시윤, 『하버마스 스캔들-화려한 실패의 지식사회학』, 파이돈, 2022. 이하 본문의 인용은 (쪽수)로 통일한다.

문에 실패했다. 보다 더 정확히 말하면 그 소멸 이후에 남은 것이 없기 때문에 실패한 것이고, 그렇게 '스캔들'로 남아 있지만 화려한 실패를 가능하게 했던 구조 없는 구조 때문에 우리는 여전히 그 그림자에서 자유롭지 못하다. 저자의 작업은 이런 점에서 과거의 스캔들의 사회적 궤적을 통해서 오늘 우리의 학술장의 구조와 그 구조 안에서 가능한 특정한 실천들의 '구조 없는 구조'를 진단하는 데 그 현재성을 갖는다. 이러한 현재성에 주목한다면 독자는 '하버마스'라는 20세기 최고의 사회철학자의 이름에 주목하기보다는 '스캔들'이 함축하고 있는 장과 그 장 내부에서의 실천에 주목할 필요가 있다.

저자의 논지에 따르면 스캔들은 일회적인 사건에 붙이는 이름이 아니다. 그리고 어떤 학자의 개별적인 일탈이나 충격적인 모습에 호사가적인 이해관심에 따라 순간적으로 관심도가 증가했다가 곧바로 망각되어도 무관한 그런 열광과 낙담의 사이클과도 무관하다. 단적으로 말하면, 하버마스 신드롬이 하버마스 스캔들로 부정적으로 전화된 것은 '친밀한 적대자 공동체들'(54, 124)이 구축되지 못했기 때문이다. 그런 점에서 하버마스 스캔들로 대표되는 1990년대 이후 한국의 인문사회과학 영역은 '실패'의 시간을 통과하고 있다. 물론, 이는 하버마스의 경우에 국한하더라도 "그에 대한 해석과 비판, 변용과 갱신이 이뤄지지 않았다는 점에서 분명한 실패"(28)라고 할 수 있다. 또한 연구의 객관성은 선험적으로 주어져 있거나 포스트주의자들의 주장처럼 '모든 것이 가능하다'고 할 수 있는 대신에, "과학장의 간주관적 산물"(64)이라고 보는 부르디외를 따라 '집합적인 상징투쟁'을 할 수 있는 "질적으로 밀도 높은 적대적 협력자 관계"(221)를 형성하는 데 실패했다는 점이 더욱 중요하다. 저자는 특히 이러한 실패를 '차가운 열기'(50)라고 말하고 있다. 책의 부제가 '화려한 실패의 지식사회학'인 이유다.

2. 집단적 상징투쟁과 상징폭력의 지식사회학 : 일루지오의 재생산과 하버마스 학술장의 진화

이 저작이 지식사회학적인 작업인 이유는 이처럼 "갈등적이지만 정돈된 협동"(57)을 하는 '적대적 협력자 공동체'의 형성과 응집 그리고 해체를 그 집단의 '집합적 상징투쟁'을 중심으로 살펴보고 있기 때문이다. 우리의 현실에 맞게 이론을 번역하면서 우리의 자율적인 학술장을 구조화한다는 전망 속에서만 이론 내적인 문제와 이론 외적인 구체적이고 역사적인 환경 사이에서 '사회적 차원'을 복원할 수 있기 때문이다. 결론에 해당하는 「나가며: 하버마스 네트워크는 무엇을 남겼나」에서는 1990년대 말에서 2000년대 초반부터 문제의

식으로 공론화된 인문사회과학계의 위기에 대한 진단으로 그동안 반복된 '서구종속성'에 대한 비판과 신자유주의와 실적 위주의 경쟁적인 작업을 강제하는 학진체제 등의 조건 속에서 생산된 여러 진단들과 비판들을 검토한다. 하지만, 저자는 학술장이라는 '사회적 차원'을 고려하면, 즉 "일관된 이론틀을 토대로 국내에서 실제로 일어났던 일들에 대한 치밀하고 분석적인 담론들의 해석이 뒷받침된 주장은 없었다."(483)고 평가한다. 실상은 오래된 논의의 낡은 반복 같은 '서구종속성'이 아니라 그와 정반대, 즉 "한국 인문사회과학 학술영역은 어떠한 서구 이론도 충분히 몰입해 본 적이 없다는 사실이 문제의 근원"(481)이기 때문이다.

저자의 이런 논지를 가능하게 하는 것은 부르디외의 '일루지오*illusio*' 개념이다. 자율적인 장이 행사하는 상징폭력에 매료되고, 즉 하버마스의 경우에는 하버마스의 이론에 매료되고, 그 이해관심에 정당성을 부여하고 그러한 정당성에 대해 의심하지 않는 것이다. '일루지오'라는 말처럼 '오인'하는 것이다. 부르디외의 말을 옮기면 "게임의 이해관계에 대한, 그리고 이 게임에 참여하는 성원들의 내면에 깔린 내깃물이 지닌 가치에 대한 근본적인 믿음"(60~61)이다. 하버마스에 대해 연구하는 것의 가치는 내가 스스로 부여하는 것에 그치는 것이 아니라, 일련의 연구자들이 해방적 이해관심이든,

좁은 의미의 학문적 이해관심을 갖고 연구자 네트워크를 형성해 이론의 진리값에 대해 상징투쟁을 재생산할 수 있게 하는 개념으로 활용되는 것이다. 이런 점에서 일루지오는 연구자 개인의 차원을 넘어서, 사회적인 차원을 획득한다. 일루지오가 '집단적 오인'으로 작동하는 것이다. 부르디외의 지식사회학은 장 개념을 중심으로 상징폭력의 행사로서 집단적 오인(일루지오), 상징자본의 획득과 분배, 그리고 그에 따른 장 안에서의 위치와 궤적에 관심을 갖는다.

다시 말해서 이 저작은 하버마스의 이론이 내적으로 타당성을 상실했다고 확인하거나 여전히 타당한 하버마스의 이론을 따라가지 못하는 우리 학계의 후진성을 질타하는 데 그 목적이 있지 않다. 오히려 "특정 학문의 사회적 효용은 장이 행사하는 상징폭력에 의해서만 가능"(479)하기 때문에, 하버마스로 대표되는 특정한 학문적인 주제에 대한 집단적인 몰입과 집단적인 오인을 통해서 형성된 장은 "각 이론의 한국 상황에 대한 성공적 적용을 넘어 생산적 변용과 갱신을 낳고, 또한 이것이 한국 학술영역에 실질적 장의 구축으로 이어지고, 그럼으로써 장의 효과로 인해 많은 이들이 인문사회과학의 논의에 관심을 기울이고, 많은 후속세대가 유입되고, 장의 논의가 사회현실 해결에 도움을 줄 거라 믿는 장 외부의 사람들이 많아졌을 때, 인문사회과학자들이 바라는 것들이 성취될 수 있지 않았을까?"(482)라는 지식사회학적인 질문을 제기하기 때문이다. 이 저작이 갖는 강한 사회학적인 함의는 이 지점에 있다. 하버마스를 옹호하는 것도, 4부 「하버마스 네트워크의 형성」에서 구체적으로 분석되고 있는 것처럼 네트워크를 구성한 변혁주의, 주류 이론가, 신진 하버마스 연구자 그룹 개개의 학적인 역량에 대해 비판하거나 왜 "전문화된 아카데미즘의 제도화로 이행함으로써 결국 높은 자율성을 지닌 장의 아비투스를 갖게 되는 장"(49)을 갖는 데 실패했냐고 질타하는 데 있지 않다. 이 문제를 해명하기 위해서 저자는 '딜레탕티즘'과 '학술적 도구주의'라는 장에서의 아비투스를 제시한다. 이것이 '친밀한 적대자 공동체' 구축의 실패요인이기 때문이다.

3. 딜레탕티즘과 학술적 도구주의 : '준거의 외부성'과 '가치자유'의 문제

상징투쟁의 장이기 때문에 학술장은 상징폭력을 행사하는 집단적인 실천이 전개되는 장이다. 누군가가 장 내에서 이동하면 그에 따라 다른 누군가도 장 내에서의 위치가 변경된다. 그러나 그러한 장 내의 이동은 수평적인 이동이 아니라, 상징자본의 획득과 배분과 관련된 만큼 수직적이고, 위계적인 이동이다. 개인의 의지로 환원될 수 없는 이러한 장의 운동성 때문에 장 내의 다이나믹은 더욱 집단화된다. 1990년대 한국 인문사회과학 학술공간에서 "학자들의 시선은 오직 하버마스만을 향했다."(359)고 할 수 있는 세 집단은 주류 이론가 집단, 비주류 변혁주의 집단, 그리고 신진 하버마스 전문연구집단이었다. 그리고 각기 서로 다른 아비투스를 갖고 있는 이질적인 이 세 집단의 일시적인 네트워크의 정점을 우리는 1996년 4월 27일 방문하여 2주간 한국을 방문한 하버마스 방한 행사에서 확인할 수 있다. 동시에 그 직후 한국 학술장에서의 '하버마스 네트워크의 해체' 또한 목도하게 된다. 물론 방점은 해체에 찍혀 있다. 단적으로 말하면, 이 저작은 1996년을 중심으로 전개된 하버마스 네트워크와 그와 관련된 학술장의 진화의 실패에 관한 것이고, 그에 대한 지식사회학적인 분석이 이 저작의 4부 「하버마스 네트워크의 형성」과 5부 「하버마스 네트워크의 해체: 딜레탕티즘과 도구주의 사이에서 분열된 학자들」에서 전개된다.

이와 같은 네트워크를 형성하게 한 것도 그리고 그러한 네트워크가 1부 「1990년대 하버마스 신드롬」에서 분석적으로 제시된 '멀린스의 이론그룹 발달단계 모델'(32쪽 이하)에 따라 '클러스터 단계'로 진화하는 데 실패한 것도 모두 딜레탕티즘과 학술적 도구주의 때문이다. 클러스터 단계는 네트워크 단계를 넘어서 다수의 성취들을 산출하는 고도로 생산적인 연구자 집단이 제도화되어 학술 담론이 그것을 놓고 상징투쟁을 하게 되는 '중심 도그마'가 있고, 그에 대한 내부 비판과 옹호를 통해서 이론 집단이 고유의 자율성을 획득하는 단계를 말한다. 이때, 이를 가능하게 하는 상징자본가, 즉 지적인 리더와 조직 리더의 장 내에서의 기능이 중요한데, 90년대 하버마스 네트워크의 지도자는 서울대 사회학과의 한상진, 계명대 철학과의 이진우, 한림대 철학과의 장춘익이다. 저자의 분류에 따르면 한상진과 이진우는 '주류 이론가 그룹'의 중심인물이며, 장춘익은 '신진 하버마스 연구자 그룹'의 중심인물인데, 이들이 특유의 딜레탕티즘과 학문적 도구주의에 의해 하버마스 네트워크가 분열되고 해체되는 일련의 과정에 대해서는 5부 3절과 4절에 상세하게 분석되고 있다.

하지만, 이들은 서로를 인용하지 않았다. 즉, 서로의 성과를 인정하고 그 기반 위에서 공동의 토대를 구축하고 그렇게 확보된 학술적인 생산물의 상징적인 가치를 서로 공유하지 않았다. 상호 간의 비판과 논쟁, 또는 상징투쟁을 위한 상호 간의 참고와 서로를 자신의 준거로 삼지 않았던 것이다. 상징적인 가치는 오로지 학술장 외부의 하버마스에게 귀속되었다. 그야말로 오로지 하버마스만을 바라본 것인데, 문제는 이런 시선 자체에 있다기보다는 그럴 경우에 고유한 가치와 상징물을 놓고 투쟁하는 자율적인 학술장이 형성될 수 없다는 데 있다. 하버마스는 그 학술장 외부에 있을 것이기 때문이다. 이를 '준거의 외부성'이라고 할 수 있다.

딜레탕티즘은 주류 이론가 집단의 경우 "기성 학술영역의 중심부에서 다양한 주제에 대해 '넓고 얕은' 지식을 생산하면서 자신의 지위를 재생산하려는" 실천 성향, 즉 아비투스다. 반면, 학술적 도구주의는 변혁주의 집단의 실천 성향으로 "학술 실천의 목표를 정치적 목적에 종속시키고, 이론을 통해 사회를 변혁하려는" 목적을 갖는다.(47) 한편으로는 하버마스의 이론을 '넓고 얕은' 지식에 권위를 부여할 수 있는 도구이자 수단으로 생각한다는 점에서, 다른 한편으로는 하버마스의 이론을 변혁적인 실천을 위한 이론적으로 정당한 도구로 파악한다는 점에서 두 집단 모두 자신들의 학문 활동의 목적을 학문 외부에 두었다. 막스 베버가 제기한 '가치자유*Wertfreiheit*' 의 문제설정으로 번역하면[2], 이 두 집단의 아비투스 모두 학문 외부에 준거점을 두었다는 점에서 가치자유를 실천하는 것과는 무관하다. 루만의 해석에 따르면 가치자유는 "모든 작동들이 논란이 되는 구체적인 해석에서 어떤 진술이 나오든 상관없이 학문체계의 자기준거에 구속

2 막스 베버, 김덕영 옮김, 『가치자유와 가치판단』, 길, 2021.

되어 있다는 점만을 상징화"[3]하기 때문이다. 이런 점에서 보자면, 딜레탕티즘은 '좁고 깊은'[4] 학술적인 탐구를 통해서 학문체계의 자기준거에 기꺼이 구속—부르디외식으로 말하면 일루지오를 통해서 상징폭력을 당하는—되어 학문 내적인 정당성을 축적하기보다는, '넓고 얕은' 지식과 담화에 대한 수요의 저장고인 학문 외부에 반응하고 그렇게 비전문가로부터의 '넓고 얕은' 평판과 갈채를 자신의 상징자본으로 삼는다는 점에서 준거의 외부성을 특징으로 한다. 이때 학문적인 연구에 따른 상징자본의 학술장 내에서의 집중과 축적은 불가능해진다. 반면, 학술적 도구주의는 부르디외의 신랄한 비판을 가져오면, "무사유에 내버려 두는 것", "스스로 사회세계의 도구가 되어버리는 것"으로서 "계속 변화하는 외적 요구, 그들의 '자기 주장'에 대한 끝없는 '받아쓰기'"(87~88)라는 점에서 준거의 외부성을 특징으로 한다. 그리고 이때의 외부성은 오히려 외부에의 종속이라는 점에서 보다 '명시적*explicit*'인 외부성이라고 할 수 있을 것이다. 반면, 딜레탕티즘은 학술담론의 최소한의 형식적인 요건을 갖추고, 외부환

3 니클라스 루만, 이철 · 박여성 옮김, 『사회적 체계들』, 한길사, 2020, 244~245쪽.

4 부르디외에게 전문가, 전문직*profession* 개념은 "제도적 차원에서의 '직업'과 관련된 것이 아닌, 장 내 상징자본의 좁고 깊은 집중 축적의 여부 문제로 바뀌어야 함을 의미한다."(95 각주).

경 및 정치적 목적의 수단이 되는 것에 대해 거리를 두는 객관성의 외양을 띤다는 점에서 '암묵적*implicit*'인 외부성이라고 할 수 있을 것이다. 저자는 이를 "학술장을 타율적인 상태로 머무르게 속박하는 구습, 곧 딜레탕티즘과 학술적 도구주의라는 아비투스"(75)라고 정리한다. 그리고 이는 부르디외가 "'학술적 닫힘'의 완성이라는, 이상적 상태의 자율성의 성취"(119 각주, 120)의 정반대의 결과를 초래한다. '학술적 닫힘'은 '준거의 내부성'의 다른 이름이다. '가치자유로부터의 자유'야말로 딜레탕티즘과 학술적 도구주의 모두 공유하는 공통의 형식이지만, 그 형식의 이면은 이와 같은 '준거의 외부성'을 자신의 존재조건 심지어, 존재이유*raison d'être*로 한다.

4. '축복받은 이단자'의 구조적 상동성과 그 실패

3부 「하버마스 수용의 이원화: 제도권 학술영역과 비주류 학술운동권」에서 구체적으로 분석하고 있는 것처럼 1980년대부터 진행되어온 과학성의 척도로 기능했던 맑스와 맑스주의에 대한 비판적이고 성찰적인 재해석이라는 이론적이고 실천적인 동기 속에서 수용된 하버마스에 대한 이론적 준비 기간은 저자의 평가처럼 "'하버마스 없는 하버마스' 수용"(188쪽 이하)의 성격을 갖는 것이었다. 맑스나 맑스-레닌주의의 그 자리를 대체할 수 있는 과학적인 실천을 담보할 수 있는 그 어떤 진보적인 학자여도, 그 어떤 급진적인 이론이어도 상관이 없었다. 그러나 그러한 '기능적 등가'가 되기 위해서는 맑스나 맑스주의 만큼의 권위를 갖고 있어야 했기 때문에 그 '빈자리'를 채우는 것은 사실상 불가능했다.[5] 어쩌면 이런 점에서 '하버마스의 스캔들'은 맑스와 맑스주의라는 대문자를 대신할 소문자들을 모색하는 'A 스캔들'의 형식을 띨 수밖에 없었을 것이다.[6]

이 'A'의 자리는 상징권력의 자리인 만큼 상징자본이 축

---

5 하지만 1980년대 이후 우리의 변혁주의 연구자의 경험 속에서 독일의 정통 사회이론의 문법을 견고하게 학습하고 연구했을 뿐 아니라 독일에서 같은 주제로 박사학위를 마치고 돌아온 직후에는 신진 하버마스 연구자 그룹을 대표했던 장춘익의 하버마스에 대한 다음의 세심한 정당화는 상기할 필요가 있다. "하버마스의 사회이론은 비판의 측면에서 가장 철저한 것도 아니며 '경험적' 토대의 측면에서도 보완의 여지가 많은 이론"이지만, "그러나 비판적 관점을 논증적 담론으로 만들어내는 '비판적 사회이론'으로서는 오늘날 가장 존중할 만한 이론"이다.(297)

6 이 책의 4부는 이러한 맑스주의에 대한 기능적 등가 또는 기능적 대체를 찾으려는 시도의 '서사'로도 읽을 수 있다. 일련의 '포스트모더니즘' 담론의 수입 역시 이런 동기에서 가능했다. 가령, "특히 '푸코현상'이라 부를 수 있을 만큼 열광적으로 그리고 단시일 내에 '전폭적으로' 수입되었고, 마르크스가 비운 자리의 첫 주인공은 푸코라 할 수 있을 정도로 인기는 강력했다."(235~236) 하지만, 그 영광의 대체자는 푸코가 아니라 하버마스였다. 단적으로 "오직 하버마스의 경우에만 대안으로서 가능성을 관철시킬 상징투쟁의 수행자가 집합적으로 존재했던 것이다." (291~292)

적되고 이를 중심으로 중심화와 탈중심화의 '경쟁구조'(43)가 집단적으로 전개되는 상징투쟁의 자리다. 부르디외에 따르면, 이러한 상징투쟁을 통해서 "진지하게 놀이하는 것, 호모 아카데미쿠스 혹은 호모 스콜라스티쿠스의 완성"(96)이 가능해지며, 높은 자율성을 향유하는 장이 형성된다. 이는 달리 말하면, 저 'A'의 자리는 상징적인 가치가 집중되는 중심장소이면서 그렇게 학문적인 권위를 둘러싼 상징자본의 '전장(戰場)'이 된다.

2부 「딜레탕티즘과 학술적 도구주의를 넘어서: 프랑스 포스트모던 그룹의 교훈」은 이에 대한 전범이 되는 사례분석이면서, 동시에 이후 장에서 전개될 우리 학술장의 진화의 실패의 준거가 된다. 부르디외가 68혁명 이후 "기존의 프랑스 인문사회학이 보여주지 못한 이론적 혁신의 실현이자, '좁고 깊은' 전문주의적 학술 실천을 수단으로 한 것이었고, 전문주의적 실천이 아니면 불가능했을 성취"(109)라고 높게 평가한 이유는 20여 년 뒤 한국의 경우를 선취하고 있는 것처럼 당시 프랑스에서 마르크스주의에 심취한 변혁주의적인 신진 학자, 학생집단은 "잡지시장 언론을 기반으로 기성 학술장에 독립적인 별도의 상징자본의 생산과 분배 공간, 즉 '유사 학술장'이라 부를 만한 공간을 형성"(114)했기 때문이다. 이는 딜레탕티즘도, 학술적 도구주의도 아닌, '전문화된 변혁주의(도구주의)'의 실현이었다. 하지만, 부르디외의 비판적인 전망과 분석처럼 '전문주의+도구주의'의 결합은 잠정적이며, 아카데미즘과 결합하지 않은 전문주의는 딜레탕트한 도구주의로 퇴행하기 쉽다. 레비-스트로스로 상징되는 20세기 중반 인문사회과학의 새로운 대륙을 발견하면서 세계 지성사의 지도를 새로 그린 이 탁월한 학문적인 역량—"이들의 역량의 원천은 전문화된 지식을 바탕으로 하는 '과학적 자본'이었다."(107)—을 갖춘 이론가들 역시 지적인 헤게모니를 제도적으로 행사하게 된 이후 저널리즘 등의 외적인 요구에 적극적으로 응답하면서 "공동의 몰입과 투쟁을 수행하는 적대적 협력자 공동체 형성"(123)을 지속하지 못했다. 곧, "'딜레탕트한 학술적 도구주의'로의 퇴행"을 경험하게 되면서, 부르디외의 평가처럼 "'축복받은 이단자'"(123)가 되어버린다.

우리는 프랑스의 경우처럼 '축복받은 이단자'가 있는가? 또는 '축복받은 이단자'라도 있는가? 이하 3부에서 5부에 이르는 내용은 2부의 분석을 '이념형' 삼아 이 질문에 대한 답을 한 것이라고도 볼 수 있다. 즉, 20~30년의 시차를 둔 한국에서의 자율적인 학술장의 진화의 실패를 지식사회학의 지평 안에서 분석한 것이라고 볼 수 있다. 물론 저자는 80년대를 거치면서 제도권과 비주류 변혁주의 그룹의 이원화가 재일원화되었다는 점에 주목하면서, 90년대 변혁적 학술 운동의 '핵분열' 속에 등장한 신진 하버마스 전문연구집단에 주목한다. 1993년에 설립된 하버마스-비판이론 전문연구단체를 표방한 '사회와철학연구회'를 중심으로 활동한 이들은 '전문화된 도구주의를 거쳐 아카데미즘'으로의 이행(243 이하)을 가능하게 하는, 다시 말해서 "학술운동 영역에서 얻게 된 강한 정치적 동기를 전문화된 연구의 학술 언어로 번역함으로써 얻어진 상징투쟁의 역량"을 갖고 있었기 때문이다. 이 점에서 이 집단은 68 이후 프랑스의 일련의 구조주의자들과 '구조적인 상동성'을 갖고 있는 집단이라고 할 수 있다.

그러나 96년 하버마스의 방한을 계기로 이 세 연구집단들 간의 일시적이고 잠정적인 연구 네트워크는 저자가 세심하게 분류한 '딜레탕티즘의 경로들'과 '도구주의 경로들'(368 이하)을 거치면서 급속히 파편화된다. 80년대를 통과하면서 재일원화되었던 변혁주의 진영은 하버마스가 맑스주의의 대안, 기능적 등가가 될 수 없다는 것을 새삼 확인하면서 다양한 형태의 도구주의를 실천했고, 저자의 평가에 따르면 애초에 하버마스의 이론에 대해 그 도구적 가치조차 인정하는 데 인색했던 주류 이론가들은 딜레탕티즘을 강화하는 방식으로 네트워크에서 이탈했다. 그리고 사실상 저자가 가장 주목하는 집단인 신진 하버마스 연구자 그룹의 경우는 연구의 이해관심이 하버마스에서 한국, 동서양의 철학적 전통을 포함한 철학적으로 다양한 주제들로 확장 또는 이행하면서, 즉 "보다 포괄적인 '사회철학' 분야로 확대"(423)되면서 이전에 갖고 있던 상징투쟁의 역량을 다른 식으로 소진하게 된다. "딜레탕티즘과 도구주의가 함께 작동"(423)한 것이다. 이러한 "'사회적 궤적'"(352~353)에 따라 2000년대 초반 '사회와철학연구회'의 성격이 변화하면서 하버마스의 신드롬은 전문화된 아카데미즘으로 제도화하는 데 실패하게 된다. 높은 자율성을 지닌 장의 아비투스를 갖게 되는 장의 진화가 실패한 것이다. 하버마스 신드롬이 하버마스 스캔들로 퇴행하는 장의 궤적은 곧 자율적인 장의 소멸에 다름 아니다.

5. 나가며: 근대사회의 복잡성과 사회학적인 연금술

이제 우리는 저자가 "한국 인문사회과학 공간의 부침 과정에서 일어난, 한국 인문사회과학 공간의 구조변동을 가장 극명하게 나타내 준 사례"(483~484)라고 하버마스 스캔들의 의미를 부여한 이유를 확인하게 된다. 이 저작은 앞서 살펴본 것처럼 'A 스캔들'의 형식이 갖는 일반성을 장의 진화와 관련해서 구체적으로 분석하는 지식사회학적인 작업이다. A의 자리에 놓인 하버마스는 그 하나의 소재라고 보아도 좋다. 말 그대로 이 저작의 가장 마지막 문장, "90년대의 화려한 실패의 기억은 앞으로 더 큰 대화라는 열매를 맺어내는 거름이 될 수 있을까?"(494)라는 저자의 질문은 사실은 저자의 다짐이며, 새로운 사회학적 대상을 이번 저작에서 시도한 지식사회학적인 방법론을 추후의 작업에서 보다 더 자유롭게 활용하면서 분석하겠다는 확인이다.

독자인 우리 역시 또 다른 확인이 필요하다. 저 A의 자리는 이론가의 이름의 자리가 아니다. 그럴 경우 우리는 이번 저작이 잘 보여준 것처럼 A라는 대문자, 학문의 경우 맑스나 맑스주의와의 '거리'에 따라 권위와 가치의 위계를 설정하게 된다. 하버마스 신드롬이 하버마스 스캔들로 너무도 허망하게 전환되면서 사라져버린 것 역시 하버마스와의 '거리'에 따른 권위와 가치설정이 무의미해졌기 때문일 것이다. 애초에 하버마스는 맑스나 맑스주의와의 가장 가까운 '거리' 때문에 그 대체의 정당성을 학문적으로 인정받았다. 맑스로부터의 거리에 따라 가치와 권위를 통일시킨 그 오랜 습성, 그 '전통'에서 벗어나야 한다. 보다 구체적으로 말하면 학적인 가치와 이론가의 권위의 통일성을 '이론적 실천'의 통일성으로 간주하는 전통은 사회학적인 주술로 기능한다. 이제 우리는 그 주술을 '탈주술화'해야 한다. A의 자리는 이론가라는 인물 대신에, 맑스주의와 같은 '주의' 대신에 사회가 스스로 산출하는 현실의 복잡성의 자리다. "사회는 갈수록 자신이 직접 만들어낸 현실과 지속적으로 대립하는 중에 있다."[7]고 할 수 있기 때문이다. 자기가 스스로 생산하는 자기부정, 그렇게 자기 자신을 초월하는 자기를 자기생산하는 사회의 자리이고, 그 사회의 복잡성의 자리다. "복잡성은 그 자체로 탁월한 대상이며, 자기 자신을 초월하는 대상"[8]이기 때문에, 사회의 복잡성의 저 자리는 곧 '사회적인 것'의 복잡성이 전개되면서 새로운 현실을 구성하는 자리다. 복잡성의 구성은 앞서 지적한 '준거의 외부성'의 '준거의 내부성'으로의 전환을 강제한다.

이렇게 '관점'을 전환하는 것은 부르디외가 말하는 "새로운 시선, 사회학적인 눈을 생산하는 것이 그 임무이고, 사회 세계에 대한 총체적 시각의 전환"[9]으로서 '회심*metanoia*' 에 다름 아니다. 이는 사회학적 탈주술화의 다른 이름이다. 그럴 때, 좁고 깊게 문제를 탐색하면서 논의의 추상성을 지속적으로 생산하는 '전문화된 아카데미즘'과 그 반대물로서

---

7 니클라스 루만, 이철 · 박여성 옮김, 『사회적 체계들』, 한길사, 2020, 241쪽.

8 Niklas Luhmann, "Gesellschaftstheorie als Wissenschaft" in *Zeitschrift für Soziologie* 46(4), 2017, 224쪽.

9 피에르 부르디외 · 로익 바캉, 이상길 옮김, 『성찰적 사회학으로의 초대』, 그린비, 2015, 397쪽.

'딜레탕트한 도구주의' 사이에서 진자운동처럼 부유하는 대신, 근대세계의 역동적인 질서를 사회학적으로 주제화할 수 있다. "과거 학술운동 영역에서 성장한 신진 학자들은 자신들의 정치적 지향을 학술 언어로 '번역'하지 않으면 안 됐다."(239)고 하면서 저자가 정확하게 지적하고 있는 이 '번역'은 비단 정치적인 것을 학문적인 것으로 변형한다는 의미로 '도구적으로' 제한할 필요가 없다. 오히려 사회의 복잡성을 사회학적인 관점으로 대상화할 수 있도록 번역 테크닉을 일반화할 필요가 있다. 세계의 복잡성을 '준거의 내부성'에 따라 학문의 복잡성으로 재번역하고, 재구성할 수 있을 때, 즉 재기술할 수 있을 때 학문의 '가치자유'로부터 자유로워지는 대신 학문의 '가치자유'를 조건화하고 활성화할 수 있다. 부르디외는 "가장 선진적인 과학 장은 과학적인 지배의 리비도*libido dominandi*가 앎의 리비도*libido sciendi*로 어쩔 수 없이 변환되는 연금술의 장소"[10]라고 말한다. 사회학적인 회심은 이러한 '연금술'의 테크닉을 통해 '자율적인 장의 생산과 그 효과'를 지속적으로 산출할 것이다.

10 같은 책, 293쪽.

김건우
독일 빌레펠트 대학교 사회학과에서 니클라스 루만의 사회학이론과 독일의 국가사회학을 연구하고 있다. 루만의 정치이론을 주제로 박사논문을 쓰고 있다. 「교수신문」, 「대학지성」의 독일 통신원이었고, 니클라스 루만의 『근대의 관찰들』(2021), 『아르키메데스와 우리』(2022)를 번역했다.
weluhmitt@gmail.com

이 경계를 지나면 당신의 승차권은 유효하지 않다

『가난한 도시생활자의 서울 산책』, 김윤영 지음, 후마니타스, 2022

곽규환

마음을 불편하게 만드는 책이 나왔다. 책은 다수의 한국인이 듣지 않거나, 흘려듣거나, 혹은 들어도 세세하게 이해하려 하지 않는 현장과 사람에 관한 이야기를 담았다. 저자가 책의 초입에 남겨둔 집필 목표를 보자.

> 도시의 모습이 변할 때마다 사라지는 사람들이 있었다. 이들이 겪은 일은 지금 여기에 사는 우리 모두와 연결되어 있지만, 쫓겨난 이들의 역사는 잘 기억되지 않았다. 강제 퇴거라는 폭력에 맞섰던 이들은 자신을 향한 편견과도 싸워야 했다. 이들을 향한 세상의 오랜 편견은 누구보다 스스로에게 가장 해로워서 고립되거나 슬픔에 빠지기 쉬웠다. 싸우는 동료들의 이야기가 편견 없는 곳에서 다시 읽히고 기억되길 바란다.(13쪽)

도시의 변화, 사람의 축출, 욕망의 폭력, 저항과 투쟁, 편견과 고립, 기록과 기억. 이런 단어들이 촘촘하게 책을 채운다. 그리고 이 모든 단어의 무대는 바로 '서울'이다.

서울, 만인의 타향, 만인의 지향, 누군가의 실향

지금 한강의 다리는 26개다. 명절이 되면 고향으로 가는 사람들은 26개의 다리로 한강을 건너서, 가고 또 가고 기어이 간다. 기어이 갔다가 기어이 돌아온다. 고향으로 가는 사람들이 다들 서울을 빠져나가면, 내 고향 사대문 안은 문득 넓고 적막하다. 명절이 되어도 갈 곳이 없는 나는 텅 빈 내 고향의 거리를 혼자서 어슬렁거린다. 거기는 과연 누구의 고향도 아니었고, 고향으로 가던 사람들이 다들 돌아와도 그 또한 아무의 고향도 아니었다. 거기는 만인의 타향이었다.

(중략)

타향 위에 고향을 건설하지 못하는 한 당신들은 영원히 고아이며 실향민인 것이다.

—김훈, 『바다의 기별』

세계 도시 경쟁력 7위, 경제 14위, 연구 · 개발 6위, 문화 · 교류 15위, 거주 환경 14위, 교통 · 접근 16위(2022년 기준, 모리기념재단 산하 도시전략연구소), 세계에서 가장 부유한 도시 16위(2022년 기준, Henley&Partners), GDP 6위(2022년 기준, Ranking Royals).

세계 속 서울을 보여주는 지표들은 화려하다. 2020년 기준으로 유엔이 인정하는 주권 국가만 195개, 도시는 얼마나 많겠는가. 서울은 그 무수한 세계의 도시, 도시의 세계에서 이미 우뚝 섰다. 서울과 한 몸이 된 수도권을 합친 '서울 중심 광역경제권역'으로 따져도 세계 5위 전후의 덩치를 자랑한다. 게다가 이 지표는 단지 규모에만 해당하지 않는다. 도시의 내실과 경쟁력을 담지하는 연구, 개발, 문화, 교류, 거주 환경, 교통과 접근성 등에서도 상위권에 위치한다. 서울은 분명 크고 강한 도시다.

크고 강한 도시 서울은 그간 무럭무럭 자랐다. 1945년 100만도 되지 않던 인구가 지금은 1,000만에 가깝다. 1945년 한국의 인구는 약 1,600만 명으로 추산되고, 2022년 한국 인구는 약 5,100만이다. 한국 인구가 3배 정도 증가할 때 서울 인구는 10배 정도 증가한 셈이다. 면적도 마찬가지다. 1945년 사대문 일대, 용산 일대, 동작구 일대 정도였던 서울은 동서남북의 땅을 허겁지겁 먹어치우며 덩치를 키웠다. 서울에서 삶을 상승시키려 몰려든 사람의 욕망이 서울을 키웠고, 집약된 욕망의 작동이 더 많은 사람을 불렀다. 60년 만에 지구상에서 가장 압축적으로 성장한 도시. '압축적 성장'을 다르게 풀어쓰면 '펼쳐진 욕망'일 테다. 혹자는 이를 두고 서울을 '연식은 2천 년을 넘겼지만 마일리지는 환갑에 불과한 도시'로 묘사한다. 시간도 사람도 서사도 모조리 압축돼 만들어진 서울을 잘 표현한 한마디다. 이 압축의 현장이 바로 오늘의 서울이다. 이 과정에서 많은 이들이 서울을 스치거나 새로이 머물렀다. 소설가 김훈의 말처럼, 서울은 '만인의 타향'이 된 것이다. 만인의 타향, 서울의 진짜 이름인지도 모른다.

서울이 만인의 타향이 될 수 있었던 이유는 서울이 바로 만인의 지향이었기 때문이다. 서울의 도시 개발은 공급자의 의도대로 수요가 창출된 게 아니라 수요의 폭증과 공급의 추격이 교차하며 이뤄졌다. '말은 나면 제주도로 보내고 사람은 나면 서울로 보내라'는 어떤 시대의 한국에도 통용될 수 있는 금언이었다. 그래서 최근 한국에서 '서울 담론'은 주로 '경쟁'을 다룬다. 서울로 진입하기 위해 경쟁하고(서울 소재 대학 집중 문제), 서울에 안착하기 위해 경쟁하고(서울 부동산 문제), 서울을 향유하기 위해 경쟁하는(서울 취업 및 문화자본 문제), 이른바 '서울을 둘러싼 경쟁'이 국가적 과제이자 화제로 자리 잡은 지 오래다. 치열한 경쟁을 견디지 못하고 귀향하거나 서울 근교로 이동하는 사람도 적잖다. 최근 서울 인구가 1,000만 이하로 소폭 감소한 까닭은 서울의 매력이 감소해서가 아니라 오히려 서울을 향한 경쟁이 치열해서다. '서울은 20대를 빨아들이고 30대를 뱉어낸다'는 경남대학교 양승훈 교수의 분석은 서울을 둘러싼 경쟁이 빚어낸 '퇴장 현상'을 지적한 것이다. 현재 서울은 보통의 한국인에게는 독보적인 지향의 대상이자 경쟁의 무대다.

하지만 이 책은 '경쟁' 같은 단어마저 사치로 느껴지게 만든다. 경의선숲길 개발 당시 쫓겨난 사람들, 경의선숲길 개발 및 정비로 인해 생업을 상실한 사람들, 용산 개발로 쫓겨나고 죽은 사람들, 아현 일대 개발로 생업과 생명을 위협받은 사람들, 독립문 일대 환경 정비 및 개발로 기억과 추억의 터전을 잃게 된 도시와 사람들, 올림픽을 위해 쫓겨난 사람들, 모두가 오가는 공간에서 쫓겨날 수밖에 없는 서울역의 사람들, 경관을 위해 걷어내진 가난한 사람들, 광화문에서 누군가의 영정을 놓고 버틸 수밖에 없었던 사람들, 위험과 빈곤이 중첩된 세상에서 살아가는 종로 쪽방촌 사람들, 롯데의 성지가 된 잠실에서 버티던 사람들, 그리고 이 모든 현장에서 그 사람들과 함께 버티고 싸웠던 사람들이 책의 주인공이다. 서울에서 욕망을 구현하고자 모여들어 경쟁하는 사람들이 아니라, 서울에서 생존을 지켜내고자 버티고 싸우고 지치고 떠났던 사람들을 그리려 애쓴다.

책이 다루고 아끼는 사람들, 흔히 철거민이라고 불리는

사람들이 도시에 등장하는 이유는 무엇인가. 모든 도시의 확장은, 확장하는 모든 도시는, '도시의 자연스러운 변화'를 전제하는 저자의 생각(13쪽)과는 달리 항상 무언가와 누군가를 축출한다. 대도시는 자본과 토지와 욕망을 보유한 부유한 사람과 세련된 계획을 빨아들이고, 빈곤과 터전과 생존 속에서 살아가던 사람과 이어지던 일상을 뱉어내면서 몸집을 불린다. 이때 도시의 빨아들이기와 뱉어내기의 경계에서, 가진 자와 가지지 못한 자와 양쪽을 돕는 자와 간섭하거나 관망하는 이들이 어지럽게 얽히고설킨다. 결과는 대부분 비슷하다. 장소들이 비워지고, 비워지는 곳들에서 살아가던 어떤 누군가가 쫓겨난다. 이들이 바로 "타향 위에 고향을 건설하지 못하는 한 당신들은 영원한 고아이며 실향민인 것이다."라는 김훈의 탄식에 가장 들어맞는 사람들인 철거민이다. 도시의 철거민은 곧 현대의 실향민이므로, 이 책은 '현대 서울 실향민에 대한 기억과 기록'이라고 할 수 있다.

부자 도시 서울의 빈곤, 만드는 사람과 가지는 사람

그들은 언제나 너무 많다. '그들'이란 적으면 적을수록, 더 낫게는 아예 없어야 좋을 사람들이다. 반면 우리가 충분한 적은 결코 없다. '우리'는 많을수록 좋은 사람들이다.

—지그문트 바우만, 『쓰레기가 되는 삶들: 모더니티니와 그 추방자들』

책의 11개 장은 분류와 계통에 의존해서 나눠지지 않고 사건과 사람에 천착해서 편성됐다. 주거 및 상권 개발과 철거, 건물주와 세입자 갈등, 장소성을 훼손하는 개발, 사회적 약자에 대한 사회적 시선 등의 문제가 철거민과 사회운동가의 시점에서 제각기 혹은 뒤섞여 펼쳐진다.

저자는 서울에서 개발이 집 없는 사람을 탈락시킨다고 지적한다. 여러 이유가 있지만 가장 큰 구조적 문제는 제도의 비합리성 · 비현실성이다. 개발 지역에서 살던 세입자에게 임대 아파트와 이주비를 지원하는 등의 대책이 있지만, 이 대책에 포함되지 않는 원주민이 더 많고 임대차 보호법은 일반 개발 소요 기간(5~10년)보다 훨씬 짧은 2년의 기간만을 세입자에게 보장한다. 또한 재개발 조합은 보상 부담을 줄이기 위해 개발 단계와 상관없이 다양한 방법을 동원하여 세입자를 쫓아내려 든다. 게다가 집을 소유한 이들 중에서도 추가 부담금을 감당하지 못해서 낮은 보상금을 받고 헐값에 분양권을 파는 경우도 많다. 애당초 서울의 개발을 주도하는 합동재개발 방식 자체가 민간 자본, 토지 소유자, 대형 건설업체를 활용해서 부족한 재원과 행정력을 보완하는 방식으로 도시를 개발하고 주택을 공급하려는 정부의 고육지책이었다는 점을 감안하면, 개발 관련 제도적 결함의 전면적

개선을 기대하기는 힘들다.

개발의 현장에서 가장 참혹한 것은 11개 장 대부분에 등장하는 '강제 철거'를 둘러싼 일들이다. 철거 현장을 주도하는 철거용역업체들은 거침이 없다. 집과 가게와 거리를 부수고 버티는 사람을 욕하고 때리기 일쑤다. 이 과정을 버티고 이 과정과 싸우다가 죽거나 죽어가는 사람이 적지 않았지만, 개발을 주도한 주체와 공공 그 누구도 제대로 책임지지 않는다. 철거용역업체를 엄벌에 처하는 경우도 거의 없다. 철거용역업체의 번성 자체가 국가의 필요 때문에 시작됐기 때문이다. 1987년 민주화 이후 정부는 재개발사업 분쟁에 공권력 투입을 자제하고 민간의 자체 해결을 유도하는데, 재개발조합이 선택한 '해결'의 방법이 곧 철거용역업체 활용이다. 개발의 지연이 기대 수익의 감소를 뜻하는 현 시점에서, 재개발조합이나 정부 등의 개발주도세력에게 개발 기간 단축은 곧 이익의 최대화를 뜻한다. 하지만 개발 계획의 수립과 집행에 참여하지 못하는 세입자를 비롯한 저소득 원주민은 갑작스러운 개발로 인한 철거 등의 상황을 납득할 수 없으므로, 거주의 안정권과 경제 활동의 지속을 보장받으려 노력하지만 대개 성공하지 못한다. 상술했듯, 도시 개발과 관련한 법과 제도는 이들의 편이 아니므로.

책이 다루는 개발 및 젠트리피케이션과 철거라는 문제의 본질을 단순하게 말하면 결국 '만드는 자와 가지는 자'

사이의 거리다. 서울의 마을과 골목, 경관과 풍경, 정서와 문화는 분명 서울을 살아가는 사람이 만든 것인데, 그 마을과 거리와 경관과 풍경과 정서와 문화의 변화를 결정할 권리는 땅과 돈을 가진 사람들 혹은 가질 수 있는 사람에게만 귀속된 상태다. 내 삶의 박동이 올려둔 지가地價 때문에 도리어 제대로 된 보상 없이 거주지와 생계의 현장을 떠나야 하는 역설. 이들은 결국 개발의 지연을 위한 싸움에 뛰어들게 된다.

이때 철거용역업체의 물리적 힘이 집과 가게와 동네를 휩쓴다. 어느 순간 국가, 기업, 재개발조합 등 개발의 입안과 진행을 주도하는 주체는 보이지 않고, 그들의 손발 노릇을 하는 철거용역업체가 주인공인 듯 활개친다. 철거용역업체가 전면에 등장하면 현장은 가혹해진다. 적지 않은 사람의 마음과 몸이 모두 다친다. 상처받은 이들은 더는 법과 제도에만 기대지 않고 합법과 불법의 경계에 진지를 구축한다. 이즈음, 이 과정을 함께하는 외부의 활동가들과 이 과정 속에서 전사로 변모하는 내부의 철거민들이 만난다. 내부와 외부의 연대와 협력을 통해 거주지와 경제 활동 등 기존의 일상을 보장받으려는 일련의 노력과 투쟁이 시작되는 것이다. 11개의 산책은, 개발 현장을 둘러싼 공간과 장소가 아니라, 더 부자가 되기 위해 서두르고 거칠어진 서울의 빈곤한 마음과 겨루는 사람들의 노력과 투쟁을 걷고 있다.

기억과 기록, 위로와 격려

> 애초에 이 글을 쓰기 시작한 취지는 가난한 이들의 기억으로 서울 곳곳을 다시 보자는 것이었다. 그런데 쓰다 보니 내가 만난 사람들에 대해 더 많은 이야기를 하게 되었다. (…) 이런 부담 속에서도 글을 계속 써내려 갈 수 있었던 것은 내가 좋아하는 사람들과 그들의 이야기를 알리고 싶었기 때문이다. (…) 막연한 편견을 거두고 한 번쯤은 이들의 이야기에 귀 기울여 주면 좋겠다. 타인의 실패에 점점 더 가혹해지는 세상에서 자신의 가난을 드러내며 싸운다는 게 쉬운 일은 아니다. 지금 함께 싸우더라도 어느 순간 자기 몫의 아픔이 찾아오겠지만, 이 용기 있는 사람들의 외로운 시간이 견딜 만한 것이었으면 좋겠다.
>
> —김윤영, 『가난한 도시생활자의 서울 산책_쫓겨난 자들의 잊힌 기억을 찾아서』

그래서 각 장의 개별 사례는 논하지 않았다. 서울은 세계에서 가장 강하고 빠른 압축을 통해 성장한 도시지만, 그 성장의 과정에서 다친 사람의 마음과 삶의 서사를 압축해 소개하기 싫었기 때문이다. 13년 차 반빈곤활동을 해온 저자의 고심 역시 여기에 걸쳐 있다. 저자는 철거민의 상황과 윤리적 정당성을 항변하기보다는 서울의 개발 과정에서 축출된 사람들, 그저 당하지 않으려 애쓴 사람들, 철거민 및 사회적 소수자와 함께 혹은 대신 싸우는 사람들의 기억과 숨결을 최대한 옮기려 애썼다. 개발을 주도하는 주류 혹은 개발 속에서 삶을 일구고 살아가는 대다수의 시민을 설득하는 게 아니라, 저자의 삶을 둘러싼 철거민과 활동가들을 위로하고 격려하려는 듯하다. 말끔한 논리와 세련된 윤색보다는 다소 단정적 논리와 생생한 증언이 더 힘 있게 느껴지는 이유다. 하지만 때로 강경해진 철거민의 투쟁은 법과 제도의 테두리에서 살아가는 많은 시민에게는 '사회적 소음'으로 인식된다. 철거민 투쟁 관련 소요 사태에 조금 더 부정적인 시민은 '약자는 무조건 선하고 강자는 무조건 악한가?'라는 언더도그마underdogma의 질문을 가져오기도 한다.

그러므로 독법이 필요하다. 각 장은 저자가 선정한 공간 개발 관련 설명, 철거민 내지는 사회적 소수자의 증언, 저자를 비롯한 관련 활동가의 소회로 채워졌다. 개발 현장의 한쪽 축과 관련된 사람들의 시각과 서사다. 이 시각과 서사를, 분석과 반론이 아닌 경청과 반응을 중심으로 받아들이는 독법을 권유한다. 현대 도시는 입체적이다. 도시를 구성하는 이해관계와 욕망과 소망을 단 몇 개의 개념과 시각과 이론으로 정의할 수 없다. 다른 입장과 생각과 시선과 일상을 그대로 온전히 듣고, 그 경청의 끝에서 빚어질 의문과 소회 같은 반응을 담아낼 수 있는 시민이 늘어날수록 도시를 둘러싼 진통은 조금 더 인간적으로 변해갈 것이다. 경계를 지금보다 희미하게 만들고, 승차권을 지금보다 조금 더 많이 발행할 수 있는 그런 도시를 기대해본다.

곽규환

『현대 타이베이의 탄생』 역자

zaytun1016@naver.com

노동자계급 연대의 좌절에 관한 분석과 성찰

『**분절된 노동, 변형된 계급**』, 유형근 지음, 산지니, 2022

신원철

이 책은 현대자동차와 현대중공업에서 일하는 노동자들의 운동과 삶이 어떻게 변화해왔는지, 그리고 여기에 영향을 미친 구조적 요인들이 무엇인지를 추적한 학술 저서이다. 한국의 노동운동, 노사관계, 노동시장을 연구하는 연구자들은 물론 노동문제에 관심이 있는 일반 시민들도 흥미를 갖고 읽을 수 있는 주제들이 가득하다.

2000년대 이후 울산 지역 대공장 노동자들에 대해서 한국 사회 일각에서는 이기적인 임금인상 투쟁으로 경제를 망치고, 사내하청노동자와 같은 비정규직 노동자들을 차별하면서 특권을 누리는 이기적인 집단이라고 비난해왔다. 저자는 이러한 정치적 비난이나 규범적인 비판에 대해서 모두 거리를 둔다. 이 책을 관통하는 화두는 바로 "오늘의 한국 사회에 과연 '노동자 연대의 사회적 기반'이 존재하는가" 하는 질문이다(19쪽). 저자는 1987년 노동자 대투쟁을 통해서 새롭게 등장한 울산지역의 노동운동이 기업별 조합과 기업별 교섭의 틀을 벗어나지 못하고, 또 비정규직 노동자와 연대하지 못하게 된 구조적 배경이 무엇인지를 추적한다. 이를 위해서 노사관계 당사자들이 만들어낸 공식문서를 포함해서 구술자료와 면접자료, 그리고 저자 자신의 참여관찰자료와 신문기사로부터 추출해낸 쟁의관련 데이타 등 다양한 자료를 활용하여 30여 년에 걸쳐서 전개된 "노동계급 내부의 분절과 연대의 파노라마"(21쪽)를 보여준다. 다양한 주제를 다루고 또 여러 유형의 자료를 활용하면서도 저자는 일관된 문제의식을 유지하면서 시간적으로나 공간적으로 서로 떨어져 있는 사건과 사회적 과정이 어떻게 연결되어 있는지를 보여주고 그 의미를 놓치지 않는다.

저자는 기존의 노동계급 형성에 관한 연구가 노동조합 조직에 관한 연구로 축소되거나 "조합원으로서 노동자의 삶"에만 주목해온 한계가 있었다고 지적하면서 노동자들의 "계급상황, 일상생활, 삶의 열망"까지 살펴보는 것이 필요하며, 이를 위해서는 "지역사회의 사회적 관계, 가족생활의 패턴, 여가와 소비생활"까지 연구의 범위를 확대하고자 한다(23쪽). 즉, 노동자의 사회적 삶을 총체적으로 파악하는 것이 계급형성이나 노동운동 연구에도 필요하다는 견해이다. 또한 저자는 '즉자적 계급에서 대자적 계급으로 이행'

이라고 하는 목적론을 거부하고, 코카(J. Kocka)와 카츠넬슨(I. Katznelson) 등의 연구에 의거하여 계급형성의 네 가지 수준—즉, 구조, 범주, 성향, 조직—을 구분한다. 저자는 이러한 구분에 기초하여 "계급형성을 분석적 개념으로 사용할 수 있"게 되며, "계급형성의 내용과 특징을 구체적으로 파악"할 수 있다고 본다. 저자는 각 수준 사이에 모종의 필연적 연관이 있다고 보지 않고, "계급의 층위들을 분석적으로 해체한 후, 층위들 간의 관계적 배열에 기초하여 그 요소들을 재결합시키는 과정"으로 연구를 진행하고자 하며(36-37쪽), 이를 통해서 "노동계급의 형성 여부가 아니라, 역사적 과정을 거치면서 어떠한 노동계급이 형성되었고 그것이 다시 어떻게, 왜 변형되어 현재의 모습으로 우리 눈앞에 있는가를 물어야 한다."고 주장한다(38쪽). 이 책의 제목『분절된 노동, 변형된 계급』은 이상과 같은 저자의 문제의식과 연구 결과를 압축적으로 표현한 것이다.

이 책은 노동조합운동의 전개과정과 노동시장의 고용형태와 분절 정도, 노동조합의 조직형태 및 교섭구조, 기업의 고용 및 노무관리 전략의 변화를 추적하면서 범주(계급상황), 성향(집단적 정체성, 집단 소속감, 사회의식), 조직(노동조합 조직형태) 등에 어떠한 변화가 발생하고, 이것이 서로 어떻게 연관되어 있는지, 또 그 배경에서 진행된 울산 지역 산업구조와 도시공간의 변화, 그리고 지역 생활세계의 변화가 서로 어떻게 연결되어 있는지를 세밀하게 보여준다. 이 책에서 다루는 여러가지 주제들은 노동계급의 형성 및 변형과정을 추적하기 위한 소주제들로 자리매김할 수 있다. 2장은 경제개발 시기 공업도시 울산이 탄생하고, 현대자동차와 현대중공업이 출범하는 과정을 다룬다. 이는 "구조로서의 계급이 형성되는 역사적 배경"이다. 5.16 쿠데타 이후 울산이 특정공업지구로 지정되는 과정에서 1940년대 조선총독부에서 작성한 공업단지 계획의 존재가 중요한 영향을 미쳤다고 저자는 해석한다. 이는 공업도시 울산의 탄생을 당시 집권 세력의 정치적 선택으로만 해석할 수는 없음을 의미한다. 3장은 개발독재 시기 노동자들이 경험한 비인간적인 작업장 조건과 이에 대해 노동자들의 저항이 분출한 과정을 다룬다. 저자가 탐구하고 있는 주요한 쟁점은 1987년 노동자 대투쟁으로 분출한 새로운 노동운동이 "1989~1990년의 결정적 국면에서" 기업 울타리를 넘어서는 지역 차원의 연대를 구축하는 데 왜 실패했는가 하는 점이다. 4장은 노동자들이 기업수준에서 임금교섭과 단체교섭을 통해서 급속하게 근로조건과 생활수준을 향상시키는 과정과 그것이 가능했던 배경으로 기업의 급속한 성장과정을 함께 보여준다. 그런데 계급형성이라는 측면에서 보면 기업별로 진행된 노동조합의 임금인상투쟁이 성공을 거두고, 정규직 조합원의 임금수준이

높아질수록 오히려 "연대의 기반은 축소"되고, 조합원들의 "선호와 행위 지평의 경계가 기업 내부로 협소화"되는 부정적 결과를 낳았다(138쪽). 5장은 울산 대공장 노동자들이 주택 마련에서 시작해서 가족 의료비와 자녀의 교육비까지 기업복지를 통해서 확보함으로써 "노조운동의 연대전략이 분절 노동시장 구조의 한계를 벗어나지 못했음"을 보여준다. 이는 또한 1987년 직후 노동자대투쟁 과정에서 엿보였던 "연대적 집단주의 성향"이 약화되는 과정이기도 했다(183, 185쪽). 6장에서는 작업장 밖 노동자 가족의 생활방식을 다룬다. 정규직 노동자의 가족이 중산층의 생활양식과 소비수준에 도달하고, 배우자들은 기업이 제공하는 의료, 문화 분야의 복지에 힘입어서 지역내 중소기업 노동자나 비정규직 계층의 가정과 구분되는 구별짓기를 실천하고 있음을 보여준다. 이러한 서술에는 대공장노동자의 작업장 생활만이 아니라, 가정생활을 비롯한 여가 및 소비 생활까지 망라해야 그 정체성에 제대로 접근할 수 있다는 저자의 문제의식이 드러나 있다. 저자는 작업장에서는 노동자들의 전투성과 집단주의 문화가 나타났지만, 작업장 바깥의 생활속에서는 기업의 사회적 통제와 소비주의에 종속된 양상을 보이는 현상을 "작업장과 지역사회의 문화적 분리"라고 파악하고, 이것이 한국 노동계급 형성 과정의 일반적 특징일 수 있다고 시사한다(247쪽). 그리고 이러한 해석은 대공장의 정규직 노동자들이 왜 사내하청 노동자와 연대하지 못했는가 하는 질문에 대한 탐구로 이어진다(7장과 8장). 저자는 "노동계급의 집단주의적 행위 성향의 목표가 개별 가족의 사회적 지위상승을 배타적으로 추구하는 경우"를 "도구적 집단주의"로 칭하고, 2000년대 이후 울산 대공장 노동자들의 행위 성향을 "도구적 집단주의"로 규정한다(308~309쪽). 대공장 정규직 노동자들의 이러한 행위성향과 작업장은 물론, 생활세계 영역까지 가로지르고 있는 정규직과 비정규직 사이의 단층선의 존재가 이들의 연대를 어렵게 만드는 주요 요인이다. 저자는 사내하청노동자 운동의 역사와 전개과정을 구체적으로 검토하면서 다시 정규직과 비정규직의 연대가 실패하게 된 과정을 검토한다. 정규직 노동자들은 사내하청 비정규직 노동자들에 대해서 대체로 "사회적 폐쇄 전략"을 취했고, 이는 "계급 내부적 분절이 상징적 경계로까지 침투되었음을 말해준다."고 해석한다(379쪽). 9장은 1987년 이후 30년에 걸쳐서 울산지역의 노동자 집합행동의 요구와 성격이 어떻게 변화해왔는가를 살펴본다. 이를 통해서 '1987년 세대의 노동운동'과 구분되는 '1998년 세대'의 노동운동이 출현했음을 확인하고, 이들이 "앞으로 조직을 안정적으로 유지하면서 동원력을 보유한 채 노동계급의 조직적 재형성을 주도할 수 있을지"를 검토하고 있다. 결론(10장)에서 저자는 "한국의 산업별 노조운동과 미조직 노동자의 조직화 시도들은 분산성과 이질성의 악순환이 불러올 계급 파편화로부터 벗어나기 위한 노동계급 재형성의 기획"이라고 평가하면서도 그것이 "매우 지난한 과제임이 분명"하다고 언급한다. 그렇지만 저자 자신은 "분절된 노동의 조건 속에서 연대와 단결의 형식을 재구성하고 노동운동의 자원과 역량을 확충할 수 있는 계기와 해법을 이론적 · 실천적으로 찾는 일"(463~464쪽)을 포기하지 않은 듯하다. 이 책 자체가 그러한 노력의 산물이라고 평가할 수 있다.

이 책을 통해서 지난 30여년간 울산지역에서 진행된 산업구조와 노동시장, 노사관계와 노동운동, 지역의 사회적 관계 등이 어떻게 변화해왔는지, 각각의 사건과 사회적 과정들은 또 어떤 연관을 맺고 있는지에 관한 풍부한 자료와 설명을 접할 수 있다. 각각의 소주제들은 그 자체로도 흥미 있는 여러 가지 쟁점을 포함하고 있지만, 이 글에서는 이 책이 택하고 있는 '노동자계급 형성론'이라는 연구의 분석틀이자 정치적 기획에 관해서 언급하고자 한다.

저자는 계급형성의 네 가지 수준을 구분하고 계급의 형성, 변형, 해체, 재형성을 포착하는 분석틀로 이를 활용하고 있다. 그렇다고 저자가 노동자계급의 조직적 형성, 노동자계급의 정치적/이데올로기적 형성이라는 실천적 문제의식을 거두고 있지는 않다. 앞으로 한국의 "노동계급 재형성을 주도할 세력이 대공장 노동자 집단에서 주변적 노동자들로 이동"(44쪽)하고 있다는 저자의 진단에도 이러한 문제의식이 드러난다. 그런 점에서 이 책은 구해근 교수의 『한국노동계급의 형성』이나 조돈문 교수의 『노동계급형성과 민주노조운동의 사회학』 등과 같이 '노동자계급 형성론'이라는 연구 프레임을 공유하고 있다. 내부노동시장과 노동시장분절, 기업별교섭구조와 기업복지의 효과, 노동자 거주공간의 변모 등 다양한 연구주제와 이론적 논의를 종합하는 일종의 마스터 프레임이 바로 '노동자계급 형성론'이다.

그런데, 21세기 한국사회에서 '노동자계급 형성'이라고 하는 정치적 기획의 현실적합성에 대해 의문을 제기할 수 있다. 저자가 본문에서 잠깐 인용하고 있는 호네트(A. Honneth)는 『사회주의 재발명』이라는 저서에서 새로운 사회주의 이념의 수신자로서 공론장의 시민을 제시했다. 이는 '노동자계급 형성'이라는 정치적 기획이 낡은 것이 되었다는 주장이다. 호네트와 달리 '노동자계급 형성'이라는 기획을 고수한다면, 21세기에 이러한 기획이 생산직 노동자들에 국한될 수 없음은 자명하다. 저자가 결론에서 언급하고 있듯이 제조업 종사자와 생산직 노동자들의 고용비중이 크게 줄어들었고, 또, 화이트칼라의 정체성과 이념적 성향이 블루칼라와 이질적이라는 점을 감안하지 않을 수 없다. 그런데 이 저서에서는 대공장 생산직 노동자들간의 조직적 연대가 왜 실패했는가 하는 문제에 초점을 두고 있고, 이에 따라 생산직 노동자들과 사무직 및 기술직 노동자들과의 관계 혹은 연대 문제는 제대로 다루어지지 않았다. 나아가서 제조업 이외 다른 업종의 노동자들도 논의되지 않았다. 문제는 이러한 쟁점들이 '노동자계급 형성'이라는 기획 혹은 패러다임의 아킬레스 건과 같은 것이어서 패러다임 자체를 내파시킬 소지도 있다는 점이다. 과연 이러한 쟁점들을 극복하면서 실천적 기획으로서 혹은 분석틀로서 '노동자계급 형성론'이 지속가능할 것인가 하는 것이 남아 있는 문제인 듯하다.

신원철

부산대학교 사회학과 교수. 비정규고용이나 정리해고와 관련된 고용관계를 중심으로 노동시장 제도의 역사적 형성과정을 연구해오고 있다.

wschin@pusan.ac.kr

문학/사상 7
기후위기

초판 1쇄 발행 2023년 4월 14일

발행인 강수걸
편집인 구모룡
편집주간 윤인로
편집위원 김만석 김서라
편집장 신지은
펴낸곳 산지니
등록 2005년 2월 7일 제333-3370000251002005000001호
주소 부산시 해운대구 수영강변대로 140 BCC 613호
전화 051-504-7070 | 팩스 051-507-7543
홈페이지 www.sanzinibook.com
전자우편 sanzini@sanzinibook.com
블로그 http://sanzinibook.tistory.com

ISBN 979-11-6861-138-2 03800
ISSN 2765-7167

* 책값은 뒤표지에 있습니다.
* 파본은 구입처에서 교환해드립니다.
* 본지는 한국문화예술위원회의 2023년 문예지발간지원사업에서 원고료(일부)를 지원받아 발간되었습니다.

정기구독/후원 안내

정기구독

1년 정기구독　　3만 원

2년 정기구독　　~~6만 원~~ → 5만 원 (17% 할인)

3년 정기구독　　~~9만 원~~ → 7만 원 (22% 할인)

정기구독 혜택

산지니 도서 1권 증정

배송비 무료(해외구독 별도)

정기구독 및 『문학/사상』 후원

1년 정기구독 + 신간 도서 2권 증정 → 5만 원

2년 정기구독 + 신간 도서 4권 증정 → 10만 원

3년 정기구독 + 신간 도서 6권 증정 → 15만 원

정기구독 신청방법

● 아래 링크로 구독 신청서 작성해서 제출하고 입금하기

구독신청 폼: http://naver.me/5U1HMqMl

● 아래 계좌로 입금하신 후 전화나 이메일로 주소, 연락처를 알려주세요.

전화: 051-504-7070

이메일: san5047@naver.com

부산은행 154-01-005889-7 (강수걸)